ミナ
レイジ
ノエラ

CHARACTER
エジル
ビビ
ポーラ

CONTENTS

チート薬師のスローライフ5

～異世界に作ろうドラッグストア～

ケンノジ

BRAVENOVEL
ブレイブ文庫

1　ボヤ騒ぎ

「うきゃあ!?」

「るーっ!?」

店番をしていると、家の中から悲鳴にも似たミナとノエラの声が聞こえた。

何騒いでんだ、あの二人。

どたばた、どたばた、と慌ただしく廊下を走る音が聞こえる。

何かあったのか？

お客さんは来そうにないし、ちょっと席を外そう。

「おーい、どうした？」

バケツにいっぱいの水を汲んだノエラに尋ねると、

「ボン。ゴォ！　るー!?　てなった」

ノエラは擬音とジェスチャーで説明してくれるけど、さっぱり意味がわからん。

ん？　なんか焦げ臭い？

「の、ノエラさんまだですかー!?」

珍しくミナも切羽詰まった声を上げていた。

「い、今、行く！」

バタバタと足音を鳴らすノエラのあとにおれもついていくと、やってきたキッチンで、ミナが右往左往していた。

フライパンが、轟々と燃え盛っていた。

「うぎゃあああ!?　か、火事だ――――ッ!?」

こんなときはたしか――。

「ミナ、蓋、蓋を！」

「は、はいいいい！」

テンパりながらもミナが、えい、とフライパンに蓋をする。炎をフライパンの中に閉じ込めた。

おそるおそるフライパンを見ると、中の炎はいつの間にか鎮火していた。

「はぁぁ。びっくりした。もう大丈夫みたいだ」

「び、びっくりしました……」

へなへな、とミナが座り込んだ。

「な、なんで？　何があって、ああなったの？」

「ノエラさんがお昼ご飯を作ろうとはりきってくれたんですけど……」

なるほどな。ミナが火の扱いを間違えるとは思えないから、原因はノエラだったか。

「油少々って言ったんですけど」

目を離したすきに、ノエラはマシマシの油を投入し最大火力でイグニッション。油が何かの弾みで火の生活石に跳ねてああなったらしい。

「ノエラ、ビビった」

「おれもだよ」

けど、大事がなくてよかった。

「ミナの言うことちゃんと聞かないから」

「るう……あるじ、ミナ、ごめんなさい」

悪気があったわけじゃないのはわかってるけど、きちんと言っておかないといけないだろう。

「ノエラ、もしあれが鎮火できてなかったら、店も何もかも全部燃えたんだぞ？」

「るっ……!?」

「今度は気をつけるように」

「わかた……ノエラ、もうイグニらない」

しょぼん、と本格的にヘコんでしまった。

怒られたり注意されたりしたからじゃなく、店が燃えたかもってあたりが、かなり効いたらしい。

「わたしもノエラさんから少し目を離してしまったので、悪いのはノエラさんだけじゃないですよ」

と、ミナが優しくフォローする。

とぼとぼ、と肩を落としたノエラがリビングのほうへ去っていく。

ううん……わざとじゃないのは知ってるから、なんとも言えなくなるな……。でも、もしものことがあったらいけないから、多少大げさでもきちんと教えておく必要がある。

コンロ――っておれが勝手に呼んでいるこの世界の調理器具は、現代のものと違って、安全性はさほど配慮されていない。

コンロと火の生活石があるおかげで簡単に火をつけられるのはありがたいけど、火力調整は慣れてないと難しい。

町の警備を担当している赤猫団も、時期によっては消防活動のほうが多いこともあるくらいだ。

「今日は、うさぎ亭のお弁当を買ってきましょうか」

重くなった空気を払拭するようにミナが明るく言うと、財布と買い物かごを手にしてキッチンをあとにした。

「火事にさせない、か……」

あ。そうか。作れるぞ、薬。

ノエラに、イグニらない、なんてもう言わせない新薬を作ろう。

リビングに顔を出すと、ノエラはソファの上で尻尾を抱いて丸くなっていた。

「ノエラ、店番ちょっと頼んでいいか」

「ノエラ、店、黒焦げにするところだった……ノエラは、もう、ダメ……」

いつも根拠のない自信に満ちているノエラが、半泣きですさまじくネガティブになってる。

「店番は燃える要素ないから安心しろ」

「わかた」

立ち上がったノエラの頭を撫でて、店のカウンターまで送り出す。ついでにポーション一本作ってやろう。

創薬室に入ると、『創薬スキル』に従い素材を揃えていく。うちにある材料だけで創薬は可能らしい。揃った材料と手順を踏んで、成分を抽出した容器を振る。

ホワン、と淡く容器が光って、新薬ができた。

【ノットファイア：塗るだけで防炎加工！　物を燃えにくくし火災を未然に防ぐ】

よし、これを火元になりそうなところに塗っておけば、火事は起こりにくくなるはずだ。

容器と塗るためのハケを持ってキッチンへむかい、さっきの現場であるコンロの周囲に塗っておく。

とぺとぺ、とぺとぺ。

「うん。これなら予想外の出火があっても火事にはならないぞ」

じーと視線を感じて振り向くと、ノエラがいた。

「あるじ、何してる」

「ああ、これを塗っておけば、燃えないんだ」

「る！　あるじ、すごい！」

だろ？　とドヤ顔をすると、試しに紙に塗ってコンロにのせた。

「普通、これでイグニるとどうなると思う？」

「ゲットファイア」

「そう。――でも【ノットファイア】を塗っていると……？」

つまみを回し、火をつける。生活石が赤く光り、吹き出し口から円状に小さな炎がいくつも飛び出た。

「る――!?　燃え……燃え……る？」

目をそらしたノエラが、視線を戻す。

コンロの上においた紙は、炙られているにもかかわらず燃えることはなかった。さすがに変色はしているけど。

「るー!?　燃えてない！　あるじ、それ、いっぱい作る！」

「え？　ああ、まあそのつもりだったけど」

ノエラに急かされ、大量に作ると、容器とハケを持ったノエラが、家や店のそこらじゅうに【ノットファイア】を塗りはじめた。

「愛いヤツめ」

ここが燃えるっていうのが想像でも怖かったらしい。

さて。町の警備担当兼消防活動もする傭兵団に新薬を届けることにしよう。

傭兵団の屯所にいき、団長のアナベルさんを呼び出した。

「な、なんだよ、薬屋……なんの用だよ」

ポニーテールの赤い髪の毛を、指でくるりん、といじるアナベルさん。

「これ、使ってみてください」

怪訝そうにするアナベルさんに、使い方を説明し、団員たちも揃った中で試してみせると
――。

「「「おぉぉぉぉ――っ!?」」」

と、野太い歓声が上がった。

「こ、これなら、火事も減る」

「もしそうなっても、消火活動は怖くねえ!」

「……これ、火炎魔法も効かないんじゃ」

魔法はさすがにどうだろう。攻撃は想定してないからなぁ。

「火事から町民を守るヒーローになれる!」

うぉぉ! と団員たちのテンションは最高潮に達し、【ノットファイア】を防具にさっそく塗りはじめた。


店を閉めると、今日の夕食はノエラが作っていた。もちろんミナ監修のもと。失敗を教訓に

して注意しているのと、俺の【ノットファイア】を塗った安心感があったようで、いつもの調子を取り戻した。

「ノエラ、これでたくさんイグニれる」

「たくさんはやめておこうな？　ほどほどに」

「る。任せろ」

　ふんす、とノエラは鼻息を荒くした。


【ノットファイア】は、防火用品として飛ぶように売れた。赤猫団の噂を聞いた他の傭兵、兵士、冒険者たちも買い求め、店の常備商品となった。

　こうして、様々な人に用いられるようになったのだった。

　その結果――。

「先生、最近前線の士官たちからニンゲンどもが知恵をつけ、火炎魔法の効きが非常に悪くなったと報告があったのです。先生のような傑物が、他にいるのですね」

　侮りがたし、と小難しい顔でエジルは言っていた。

　……こ、心あたりめっちゃある！

2　道具屋とコラボ

金の亡者こと、ポーラが今日も「やあやあ、いらっしゃったよー」と店へやってきた。

「お待たせレーくん、打ち合わせしようー」

「へいへい。ポーラんとこは暇だからいいかもだけど、こっちは結構やることあるんだからな？」

「何をー！　レーくん、本当のことを言っちゃいけないって教わらなかったのー？」

ブーブー、とポーラは不満げに唇を尖らせた。

暇っていう自覚あったのかよ。

「ポーラさん、いらっしゃいませ」

ニコニコとミナがポーラに茶菓子とお茶を出そうとする。

「いいよ、出さなくても。ポーラのせいでお菓子がなくなったって、ノエラが不満タラタラなんだから」

ノエラが柱の陰から、ミナが運んできたお菓子をうらやましそうにじっと見ている。

「ノエラちゃん、ごめんね。お姉さん、糖分を摂取しないと力が出ないタチでさ」

運ばれたクッキーをぱくりと食べる。

ノエラが食べたくて震えていた。

おれの分、あとでわけてあげよう。

「最近よくいらっしゃいますけど、なんのお話をされているんですか？　打ち合わせってお
っしゃいましたけど」

【ノットファイア】を作ったあと、ふと、用途は違うけど同系統の新薬が作れることを思い
ついた。現代でも必ずあるアレだ。

「レーくんと内緒話。いいっしょ？」

ニコっとミナは笑うけど、どこか影のある笑顔だった。

おい、ポーラ、変な煽り方するのやめろ。

「悪いな、ミナ。形になるまで、もうちょっと待ってくれ」

「この前のように、何かを作るんですね！」

「ま、そういうことだ」

以前、回転式冷却器をポーラと一緒に作ったことを思い出したおれは、さっそく相談してみ
たところ……。

『うはっ。それやばいって。絶対売れるよ！　アイディアの鬼かよ！』

と、まあ絶賛されたわけだ。

そうして、打ち合わせ兼暇つぶしとして、ポーラはほぼ毎日店へとやってくるようになった
のだ。

メモ用紙を前に、おれとポーラは額を突き合わせて話をする。

「だから、シコシコしてビュッとやるわけでしょ？」

「語弊しか生まない言い方ヤメロ。でも、ビュッ、じゃなくてブシャー！　って感じで――」

「ああ、ふむふむ……。職人さんに訊いてみないとだけど、難しそうだなぁ……」

眉根を寄せたポーラは、羽根ペンの羽根で鼻をくすぐる。

学校やビル、商業施設には必ず置いてあるアレは、この世界で完全に再現するのは難しいようだ。

一家にひとつあれば、万が一火事が起きても燃え広がりを防ぐことができるはず。……なんだけど、同じようにするには一筋縄じゃいかないらしい。

「風の生活石も余りまくりだし、でも古くなったら効果が薄れるし、困っててさ。レーくん、買わない？　定価で」

「友達価格で安くしようって配慮はねえのかよ」

あるわけないじゃーん、とポーラは楽しげにけらけらと笑った。

風の生活石、か……。

「なあポーラ。それってもしかして、こうできるんじゃ――」

アレがああなって、コレがこうなって――と、おれはメモ用紙にさらさら、と書いてみる。

「で、できそう！　ちょ、ちょっと訊いてくる！」

目がコインになった金の亡者は、席を立って走って店から出ていった。

お金のにおいがすると、ポーラの推進力は何倍にもなるようだ。

手をつけなかったクッキーをノエラにあげる。サクサクと食べはじめた。

「あるじ、何作る？」

クッキーのカスを口の横につけたノエラが訊いてきた。

「火事になっても、被害を抑える薬と道具をちょっとな」

「る？　この前の【ノットファイア】、火事ならない」

「そうなんだけど、万が一に備えるものなんだ」

「るるる？」

と、ノエラは首をかしげた。

ポーラは手応えがあったようなので、おれも中身を作るとしよう。

創薬室に入ると、興味津々の様子でノエラもやってきた。

クッキーのお礼か、手伝ってくれるノエラと一緒に、新薬を開発する。

あれがあれば、もう火事に神経質にならなくていい……。

仕上げに瓶を振って、出来上がり。

【消火液：火災時、水以上の消化力を発揮する液体】

「あるじ、これ何」

「これは、火を消すための薬だ」

「水？」

興味津々の様子で、瓶の中に入っている白く濁った液体を見つめるノエラ。

「ううん。水よりその効果が高いんだよ」

「る。水より、強い」

でも、これだけじゃ、実際火事が起きたら大して役に立てない。というわけで、これを噴射するものがどうしても必要だったのだ。

好奇心たっぷりのノエラは、瓶の蓋を開けてにおいを嗅いでいる。

いいにおいはしないと思うぞ？

「る？　いいにおい？」

「あ。ほんとだ。キッチンのほうから、甘い香りが」

と、思っていると、創薬室の扉が開いた。

「ノエラさーん、レイジさーん、クッキーを焼きました！」

ミナがクッキーを入れたバスケットを手にやってきた。

【消火液】を手に出していたノエラが、つんつん、と触っている。

「れ、れ、レイジさんっ！　のののの、ノエラさんになんてものを触らせてるんですかっ！」

「なんてものって……新薬の【消火液】だけど」

「さてはエッチなお汁を――、へ……？」

きょとんとしたミナに、ノエラが説明してくれた。

「ミナ、これ、水より強い」

「おいミナ、とんでもない勘違いしてくれたな？」

「ち、違います！　してないです！　わ、わかってましたよ、わたしは。ええ、わかってました とも」

慌てて誤魔化すミナだった。

「ミナ、クッキー」

焼き立てクッキーのカツアゲをノエラがはじめた。

「手を洗ってください。でないと、あげませんから」

「る！　わかた。すぐ洗ってくる――」

ビュン、とノエラが出ていった。

「【消火液】ですか、そうですか、なるほど～」

とか言いながらミナが逃げようとする。

「ミナって結構むっつりだよな？」

「ち、違いますー！」

はぅぅ、とミナも創薬室を出ていった。

やれやれ、とため息をついたおれは、焼き立てクッキーを食べるべく、手を洗うことにした。

――この数日後、しばらくぶりにポーラが顔を出した。

「レーくん、試作一号ができたよ！」

軽くて丈夫な材質でできたそれは、液を貯めるタンクがあり、発射させるための引き鉄があり、発射口が先端にある銃身らしきものがついていた。

簡単にいうと、ほとんど水鉄砲だった。

「シコシコ、ビュってできるから！」

「その言い方やめろ！」


ポーラが職人に作らせた水鉄砲に、おれが作った【消火液】を入れる。

「相談した結果、パターン2なら大丈夫そうってことで作ってもらったよ」

と、タンクに液を注ぐおれにポーラは説明してくれた。

おれが提案したのはふたつ。

現代にある消火器そのままの機能を備えた噴射ノズルつきのタンク。もう一個が水鉄砲式の噴射機だ。後者がパターン2。

「レイジさん、また不思議なものを作ってもらったんですね？」

「うん。これを一家にひとつ置いておけば、万が一【ノットファイア】で防げなかった火事も早々に鎮火することができるんだ」

はえ〜、と口を半開きにしているミナのそばで、水鉄砲のフォルムがノエラの好奇心をくすぐりまくったらしく、準備をしているおれを、ノエラはそわそわしたように尻尾を振っている。

「あるじ、う、撃つ……？　それ、撃つ？」

ノエラはキラッキラに目を光らせていた。

「撃つんだけど……遊びでやるもんじゃないからな？」

星が飛びそうなほど爛々に目を輝かせたノエラに、おれの言葉はまるで届いていなかった。

わっさわっさ、と尻尾を振って、おれの手元だけを見つめている。

液を注入し、タンク内の空気圧を高めるために、銃身下の持ち手をシャコシャコと何度も動かす。引き鉄に指をかけると、さっきよりもずいぶん硬くなった。

発射口に小さな風の生活石が散りばめられている。

「これって」

「レーくん、気づいた？　魔力をほんの少し流すと、銃身から魔力が流れるようになってて、それが生活石に反応。それにより、弾速がかなり速くなったんだ」

「おぉ……！」

弾速がかなり速くなった――この言葉だけでおれもわくわくしてきた。

それはノエラも同じらしく……。わさわさわさわさ――と、尻尾の振りがさらに速くなっている。

「ちょっと実演してみるか」

まだ【消火液】の効力を試してないしな。

それに、早く一発撃ってみたい……！

小さな庭に【ノットファイア】を塗った木箱を用意し、その中に燃えるゴミを入れる。

「ノエラ、いいぞ」

「ファイア」

ノエラが火の生活石で火の粉を飛ばすと、ゴミが木箱の中で燃えはじめた。

「じゃあ、僭越ながら、試射を」

見守る三人に一礼すると、しかつめらしい表情で三人も返礼する。

銃身を左手で支えて魔力を流し、木箱の中の炎に狙いを定める。

「ターゲット、ロック」

硬くなったトリガーを思いきり引いた。

「いっけえええええええ！」

ビシュン！

発射口から放たれた【消火液】は、生活石の追い風を受けて真っ直ぐに木箱の中へ飛び込んだ。

ボフォォォォウ……。

木箱からチロチロと覗いた炎は、すぐに見えなくなった。

「や、やったか……!?」

言いたかったセリフを言いまくったおれは、すでに満足感しかなかった。

「レイジさん、楽しそうですね」

「る。あるじ、楽しそう……っ」

「レーくん、テンション高いね」

木箱の中を見てみると、発射した指先ほどの【消火液】は、着弾部分から広がって出火箇所の八割を消火していた。

「す、すげぇぇぇぇぇぇえ！」

みんなもどれどれ、と木箱を覗く。

「本当に一瞬で消えちゃってます！」

「あるじ、あるじ、次ノエラ、次ノエラ！」

「一号機は成功だね」

驚くミナに、発射機を奪おうとするノエラに、満足げにうなずくポーラ。

三者三様のリアクションだった。

「レーくん、名前、何にしよっか？」

ニヤリとポーラが笑う。

ううん、と考えている隙に、シュバッとノエラが発射機をひったくって、シャコシャコしはじめた。

そうだ、名前は大事だ。こんな兵器（違う）には、それなりの名前がないと。

「消火器じゃダメなんですか？」

と、ミナが直球の名前をつける。

「これは消火器じゃないんだよ。ミナ」

その名前だと、現代の赤いあれが真っ先に浮かんでくるからなしだ。

「だよねぇ。わかるわぁ」

ポーラもおれに同意する。

このロマンがミナにはさっぱりわからないらしく首をかしげていた。

「ねね、レーくん。イレイザー、なんてどう？」

「うぉぉ……い、いい……っ！」

「決まりだ。イレイザー……イレイザー……」

噛みしめるように繰り返すポーラに、おれもあとを続けた。

「イレイザー、試作一号機……」

口にするだけでどうしてこんなに胸躍るんだろう。

目が合ったおれとポーラはハイタッチした。よくわからないノリだった。

少し離れたところでは、ノエラが木箱に照準を合わせていた。

「撃つ！」

ノエラが声と同時にトリガーを引き絞る。

ビシュン！　と【消火液】が木箱に放たれ、側面に直撃した。

「るー！」

的に当たったのが嬉しかったのか、またシャコシャコと次弾の装填をはじめた。

「ノエラさん、わたしもいいですか？」

「ダメ。まだ、ノエラの番」

あいつ、撃ち尽くすまで遊ぶつもりだ。

「これは、これはイケる……！」

ぐふふ、と笑ったポーラは、「じゃあね」と去っていった。

おれがアイディアを出したとはいえ、よくあんなものを作ってくれたな。職人さんに感謝しなくちゃ。

タンクが空になるまで撃ったノエラのあとに、ミナが使ったけど、困ることや不便なことは何もないようだった。

あれなら使い方は簡単だし、よっぽどテンパらない限りはすぐに撃てるはずだ。

「あ。ポーラにイレイザーをもっと増やすように言っておかないと……」

急ぐものでもないし、また今度来たときでいいか。

消防活動もする赤猫団のところに、イレイザーと残りの【消火液】を持っていくとしよう。

「おーい、グリ子ー？」

そばに立っている厩舎の魔物を呼ぶと、座っていたグリ子が立ち上がった。

「出かけるから乗せてくれ」

「きゅお！　きゅぉぉ！」

【トランスレイターDX】を使ってないので、何をしゃべっているかわからないけど、嬉しそうな雰囲気だった。

既舎から出して背に乗って、今日は巡回警備中らしいアナベルさんを捜すことにした。

町のそばにやってくると、ちびっ子たちが集まってきた。

「グリちゃん！」

「グリちゃんだ」

「きゅぉう？」

最近立派になった体毛をちびっ子たちがモフモフと触る。ノエラには負けるけど、なかなかのモフモフ具合だから気持ちはよくわかる。

「おい、薬屋。魔物を散歩か？」

捜す手間が省けた。

アナベルさんは、部下の団員三人を連れていて、四人で巡回中だったらしい。

グリ子は目立つから、こっちの居場所はすぐにわかったんだろう。

「はい。散歩はついでで、これをアナベルさんに」

おれはグリ子から下りて、イレイザーと【消火液】を手渡した。

「ん？　なんだこれ」

「前回のは火事にさせない薬でしたけど、今回のこれは火事になったときに使うもので――」

効果と発射機のイレイザーと一緒に使うことを説明した。

イレイザーの話を聞いてアナベルさん以外がときめいていた。

「ふうん。この発射機がねえとダメなんだな」

「なくても、液体自体の効果は変わらないですよ」

「……じゃあ、これを瓶ごと火元に投げればいいのか」

……。

「へえ、便利だな。投げるだけで火が消えるなんて」

「アナベルさん、違わないんですけど違うんですよ」

「あん？」

「投げるにしても、外しちゃうとそれっきりになるじゃないですか」

と、おれは正論を装った反論を言ってみる。

「姐さんは、わかってませんぜ」

「ああ、その通りだ。姐さん、それじゃあ情緒がねえんでさぁ」

団員たちの援護射撃があった。

「消火活動に情緒なんて要らねえよ。遊びじゃねえんだから」

その通りすぎて、誰も何も言えなくなった。

「けどまあ、薬屋にも一理ある。焦って投げて火元を外しちまうとオシマイってのも困るし、老人やチビどもみたいに、上手く投げられないってやつもいるだろうしな。アタシらがこのナンタラに使い慣れてりゃ、それでいいってことか……」

ふむふむ、とイレイザーをためつすがめつ見つめるアナベルさん。

「こいつを使う練習もやっておくよ」

「ありがとうございます。よろしくお願いします」

「そんじゃ、アタシらは仕事に戻るよ。じゃあな」

アナベルさんは、指をかけたままのイレイザーをくるりと回してベルトに差した。

え、何あれ。カッコよ。おれもあれの練習しよ。

店に帰ると、ノエラにイレイザーを求められた。

「あるじ、イレイザーどこ」

「アナベルさんに渡したよ。消火活動で使うし」

「るー!?」

おれが戻ってきたらまた遊べると思っていたノエラが、すさまじくショックを受けていた。

3　激闘！　町おこしイベント

ポーラが、「グリちゃんと一緒に店まで来てね」と言うので、言われた通りグリ子に乗ってポーラの道具屋までやってくると、店先にはシートをかけられた荷車が置いてあった。

何を積んでるのか、山みたいにこんもりしている。

「おーい、ポーラ？　来たぞー？」

中を覗くと、ポーラが外に出てくるところだった。

「おっそいよ、レーくん。お姉さん待ちくたびれて餓死するかと思ったよ」

「そんな待ってないだろうが」

呆れたようにおれは半目になると、気になったことを尋ねた。

「グリ子を連れてこさせて、なんの用？」

きゅぉ？　とグリ子も首をかしげる。

質問には答えず、むふふふ、と笑うポーラは怪しく眼鏡を光らせた。

「これを見よ！」

シートに手をかけたポーラが、景気よくバサッと取り払う。

そこには、見上げるほどたくさんのイレイザーがあった。

「い、いっぱいあるー!?」

「きゅ、きゅ、きゅぉー!?」

おれたちが仰天していると、ポーラが高笑いをはじめた。

「ナハハハハ！　このイレイザーを町のみんなに売るんだ。そしたら、どうなると思う？」

「火事の被害が減る」

消火器だからな、イレイザーは。

「ちっがう！」

「何がだよ。合ってるだろ」

「一家に一丁これがあれば——町をあげての町おこしイベントができるっっっ！」

めちゃくちゃ力強く言われた。

そんなことかよ。

タンクの中身を【消火液】からただの水に代えても使用できるだろうけど、それじゃまんま水鉄砲だ。

「……」

けど、面白そうだな、それ。

「ねー、ねー、レーくんレーくん、いいでしょぉ？」

媚びるような猫なで声でポーラは言う。

「一丁一万リンでさぁ〜。売ろうよぉ〜」

高っ。

「さすがにそれはちょっと……」

おれが難色を示すと、今度はうつむいて震え出した。

「こ、これをきちんと売り切らないと、ゲロヤバイんだよ……。職人さんにボロ儲けできるからって焚きつけてたくさん作らせて……そもそもこの材料費はウチが方々から借りてるんだ。やらないなんて選択肢はないよ。そう、破滅するんだ。もうあとには引けない……！」

目が血走ってて怖ぇ。

消火器だと思えば、一万リンは安い？　ような気もする。ただオモチャの水鉄砲だと考えるなら、もちろん高い。

「レーくん、人助けだと思って！　ね？」

「……しょうがねえな」

「イッエーイ！　レーくん愛してるぜ！」

はいはい、とおれはポーラの軽口を流す。

「使い方の説明や、実際試しに使って練習する必要はあるだろうし、サバゲーのイベントみたいにしても面白いかもな」

サバゲ？　と首をかしげるポーラに、おれはなんでもないと言った。

「そうとなれば、領主サマを抱きこんでイベントのお金を出させよう」

「もうちょい言い方ねえのかよ」

その通りなんだろうけど。

「細かい準備はしておくからさ、領主サマにイベントのプレゼン、よろしくね！」

おれに丸投げしたポーラは、中に入りバタン、と店の扉を閉めてしまった。

「それでグリ子を連れてこいって言ったのか」

「きゅきゅ」

おれが手を上げると、その手の平を迎えに行くようにグリ子が下げた頭をくっつけて動かす。セルフなでなでだ。

専用の馬具が用意されていたので、それをグリ子に装備させて荷車を領主の屋敷まで運ぶことにした。


「レイジ様ですわぁ！　どうしたんですの？」

屋敷からおれとグリ子が見えたエレインは、真っ先に屋敷の門から飛び出してきた。

「ちょうどいい。お父さんのバルガス伯爵に話があって」

そこまで言うと、ズキュウン、と胸を何かに射抜かれたように、エレインは胸を押さえた。

「つ、ついに……お父様にわたくしとの婚姻の申し出を……!?　これは、その持参金……！」

違うぞ、エレイン。これはただの消火道具兼遊び道具だ。お金にしちゃあ山盛り過ぎるだろう。

「だ、誰か」

パンパン、とエレインが手を鳴らすと、メイドさんが駆けつけた。モジモジしながらエレインは事の次第をメイドに伝える。

「まあ。お嬢様、おめでとうございます」

「どうしましょう……本当に……嘘みたいですわぁぁぁぁ！」

頬を染めるエレイン。どうしよう。勘違いなのに。

おれに一礼したメイドさんは、屋敷へ小走りで戻っていった。

「あ、あの、ちょっと――！」

「レイジ様、応接室までわたくしがご案内いたしますわ」

山盛りの持参金ことイレイザーの荷車とグリ子は、中庭で一旦ステイ。

大仰な扉から中に入り、こちらですわ、と先を進むエレインに従い、応接室にやってくる。

顔を火照らせたエレインが、おれの隣に座った。

しばらく待っていると、カツカツ、という足音とともにバルガス夫妻がやってきた。

「ついに……ついにこの日が来てしまったか……」

バルガス伯爵は血涙を流していた。

「あなた。エレインの幸せを祈ってあげるのが親でしょう？」

「う、うむ。そうだな」

ズビビビ、と鼻をすすったバルガス伯爵。

向かいに夫妻が座ると、おれは用件を切り出した。

「……うん？　婚姻の申し出ではないのかね」

「エレイン……さんの早とちりでして」

おれが苦笑すると、エレインは恥ずかしそうに顔を赤くした。

「れ……れ、レイジ様のいけず――――――――！」

叫んだエレインは応接室を飛び出していった。

いや、いけずとかじゃなくてだな。

ぶはぁ、とバルガス伯爵は大きく息を吐き出した。

「びっくりしたぁ……寿命がなくなったと思ったぞ」

エレイン結婚したら死んじゃうのかよ。

誤解を解いたので、改めておれはイレイザーと町おこしイベントについてのプレゼンをはじめた。

「それが、そのブツかね」

「はい」

おれは持ってきていた一丁をローテーブルに置いて、すっと押し出す。バルガス伯爵はそれを手にすると、宝石商のようにためつすがめつ見つめた。

「引き金を引くだけで【消火液】が射出され、火を消せます。万が一に備えるために、消火訓練といいますか、町のみんなで一度練習も兼ねて大会をしてしまおうという考えです」

「災難に備えるというのは、素晴らしいことだわ」

ぱちん、とフラム夫人が手を合わせ、バルガス伯爵は、うむとうなずいた。

「領地の他の町でも、それを広めたほうがいいだろう」

聞いた話では、バルガス家の領地は田舎町や村がほとんど。

火事が起きたときは、水の生活石じゃ水量が足りないので、井戸や川から汲んだ水を住民たちがバケツリレー。水属性が得意な魔法使いがいれば被害は抑えられるけど、田舎に常駐することはないし、田舎町には余程のことがないかぎりやってこない。

誰がどのように作っているのか、おれがイチから説明すると、

「火事を未然に防いだり、被害を抑えられるのであれば、バルガス家が先頭に立ち支援すべきであろう」

火事に対する備えなんて誰もしてこなかったわけだから、この案にはかなり乗り気だった。

「住民の防災意識を高め、その訓練をし、それを祭りのように扱う、か……いい考えではないか」

かなり好意的に受け取ってくれた。

「予算を出そうではないか」

「ありがとうございます！」

がっちりとおれとバルガス伯爵は握手をした。

「……レイジ殿……私も、ちょびっと参加したいのだが」

「そういうことでしたか」

合点がいった。

「仕方なく、そう、仕方なぁ～く参加する、という体で……どうかひとつ」

領主だから大手を振って参加するのは、体裁がよろしくないらしい。

ニヤリ、とおれは笑う。

「わかりました。伯爵は、イヤイヤ参加する、ということで」

バルガス伯爵も、ニヤリと笑い返した。

「ああ。その通り。……面白くなりそうではないか」

「ええ。まったくです」

少年の心を持つ者が、心躍らないはずがないのだった。


バルガス伯爵がイレイザーを使った町おこしイベントに好意的だったので、イベントの打ち合わせはスムーズに進んでいった。

場所はおれの家。

メンバーは、おれとポーラ、あと警備指揮のアナベルさん、雑貨屋のアルフさん、うさぎ亭のレナが中心となった。加えて、バルガス家執事のレーンさん。この老紳士が話し合った結果を報告するようだ。

「いやしかし、レーくん、領主サマ、めちゃくちゃはりきってんね。予算出しすぎじゃね？」

シシシ、とポーラが笑う。

「ポーラちゃん、運営費に警備費用、そういうのを考えたら、意外とちょうどいいかもしれないぞ？」

アルフさんがうむむ、と唸ると、老紳士のレーンさんが言う。

「足りなければ、主に申告いたしましょうか」

「いやいや、多すぎてもあれなんで、とりあえずは大丈夫ですよ」

多すぎても困る。悪だくみしたり変なところにお金をかけそうな眼鏡のお姉さんがいるし。

「そんなことよりも。名前どうするの？」

レナが言うと、それもそうか、とみんなが黙る。

「なもん、決まってんだろ。カルタ・バトルロワイヤル祭り――これで決まりだろ」

アナベルさんが言う。

バトルロワイヤルで祭りってハチャメチャなネーミングだな。

かといって、他に代案が出せるのかといえば、おれはそうじゃなかった。

それはみんな同じだったみたいで、アナベルさんの案で決まりとなった。

「バトルロワイヤル……祭り……」

盗み聞きしていたノエラがときめいている。

「一旦、これで話を進めましょうか」

と、おれが話をまとめ、打ち合わせは解散となった。

名前も決まったし、内容もほぼ決まり。あとは順次進めていくだけでよさそうだ。

いよいよ商店街の商工会じみてきたな……。

商工会のおっちゃんたちなら、このあと飲みに行ったりその場で酒盛りしたりするんだろうな。

祭りのあとは【消火液】が売れるだろうから、在庫ストックを作っておくか。

こうして、各々準備を進めることになった。


二週間後。

町の広場に運営本部を設置すると、参加者が続々と集まってきた。

「では、チーム名をお願いします。もしイレイザーがないようでしたら、隣の道具屋さんのブースで買うことができますので――」

ミナがテキパキと参加希望者に案内をしていく。

いや、ほんと、連れてきてよかった。

「二丁ですね～。毎度ありッ！」

ポーラがほくほく顔で接客とイレイザーの説明をして、またさらに売りさばいている。

「ノエラが、こう！　あるじは、こう！」

後ろで、ノエラがシミュレーションを忙しくしている。

おれたちは、『キリオドラッグ』として参加登録をしていた。

メンバーは、おれ、ノエラ、ビビの三人。マックスで四人までメンバーに入れることができ、ソロでの参加も可能だ。

「ノエラちゃん、ボク怖いよ。どうしてこんなことするのさ」

心配そうなビビが手にしたイレイザーを見つめている。

「ヒトには、戦わなければならないときがある」

遠くを見ながら、名言っぽく言うノエラ。ノエラもビビも、種族でいうと人間じゃないけどな。

本当は、おれも出るつもりはなかったけど、ノエラが一緒にと駄々をこねたのだ。

「なあ。やっぱ、ビビと出たほうが楽しいんじゃないか？」

プルプル、とノエラは首を振った。

「あるじ、ノエラと出る！　ノエラ、あるじを男にする！」

変な意味に聞こえるからやめてほしい。優勝するって意味なんだろうけど、そんな言い回しどこで覚えた。

「女ッ、余もエントリーだ」

聞き慣れた声に受付を振り返ると、イレイザーを手にしたエジルがいた。

今日は休みって言ったのに……ん？　今、エントリーって。

「チーム名はどうします？」

「決まっている。『チーム魔王』だ！」

まんまかよ。

「登録メンバーをこちらに書いてください」

「魔王は、世界でただ一人、余だけだ！」

「はい、ソロで参加っと」

一人かよ。

ミナも適当に流すのが上手くなったな。全然ツッコまねえ。

「先生、余も参加します。何卒お手柔らかに」

「こっちこそよろしくな。あ、魔法禁止だからな？」

「わかっています。――ノエラさんんんんんんんんん！」

「る？」

「余はソロでの参加……他の参加者に比べ圧倒的不利！　だが、魔王に不可能はないということを、証明してみせましょう！」

ばさっとマントを広げてみせ、キメ顔をするエジル。

「余が優勝したら……いや、ラスト一〇組に残ったら――」

いきなり自分からハードル下げるなよ。不可能はないんだろ？　おれは苦笑しながらエジルが何を言い出すのかを待つと、

「余とデートしてくださいいいいいいいいいいい！」

　まあなんとなく想像ついたけど。

「嫌」

「ラスト一〇組です！　余、ソロ参加で圧倒的不利なのでそのへんを考慮いただけると」

「無理」

　つーん、とノエラは取り付く島もない。

「それでこそ余が見初めたノエラさん……これがデレる前触れか……!?」

　ノエラに対しては相変わらずポジティブだな、この魔王。

「ノエラさん、次に会うときは戦場です」

「望むところ」

　ノエラも受けて立った。

「覚悟をしておいてください。――ふーはっはっはっは！」

　ばさりとマントを翻し、エジルは去っていった。

　入れ替わりに、領主親子がやってきた。

「エレイン……私は暇ではないというのに……どうして市井のイベントごとに参加せねばならないのだ。いやぁ、困った困った、いやー、エレインがそこまで言うのなら仕方があるまいなー？」

　予防戦張りまくりのバルガス伯爵に対して、エレインは不満げだった。

「わたくし、お父様と出たいと言った覚えはないのですけれど？　本当は、わたくしノエラさんやレイジさんと……」

ミナと挨拶をして登録を進めていく。

「レイジ殿」

「ここまでよくお越しくださいました」

「なに。エレインがどぉーーーしてもと言うのでな」

バルガス伯爵は事情を知っているおれにもその体で行くつもりらしい。

「レイジ様。御機嫌よう」

「はい、御機嫌よう。……うちも出るんだ。『キリオドラッグ』として。空きが一人あるから、エレインも入るか？」

「よ、よろしいんですの？」

バルガス伯爵が出たいだけなのに、エレインが嫌々付き合わされるっていうのは可哀想だ。

「るー♪　エレイン、仲間！　入る！」

「エレインちゃん、ボクも大歓迎だよっ」

「入りますわー！」

ミナに目配せすると、笑顔でうなずいて、『キリオドラッグ』の登録者名にエレインを加えてくれた。

「だが、れ、レイジ殿、そうなると私は一人きりで参加という……」

「伯爵。ここでエレインにいい所を見せるチャンスです。二人で組んでいては効果は望めないでしょう」

「た、たしかに……！　だ、だが領主である私がみっともない姿を晒すわけには――」

ううん。プライドとか意地があるんだろう。大人ってやつは面倒くさい。

「領主サマ、こういうのありますよ？」

話を聞いていたポーラが、横から会話に入ると、すっと仮面を差し出した。

目元だけを隠すものだ。

それをバルガス伯爵は受け取った。

「舞踏会の……これなら私だと気づかれまい。私は単独でバトルロワイヤルを生き抜いてみせよう！」

「お父様、頑張ってくださいまし」

「うむ。エレインも健闘を祈る」

「はい」

こんな具合に、色んな参加者が登録をしていった。

領地全域にバルガス伯爵がこのイベントの宣伝をしたせいか、見慣れない人たちも大勢やってきていた。

雑貨屋も定食屋も、ここぞとばかりに通りに店を出し、町全体がお祭りムードに包まれていた。

うちの薬もポーラの売店にあるので、ついでに買っていくお客さんもちらほらいる。

そして、参加登録が五〇組に達したところで受付を締め切り、広場には参加者数十人が集まった。

雑貨屋のアルフさんが前に出てルール説明をする。

「えー。参加者のみなさんは、この水入りイレイザーを持って、他チームの相手を撃ちます。ルールや判定の都合で、ヒットすれば、その場で脱落とします」

フィールドはこの町全域。それより外に出れば失格。公正を期すためのルールも、おれたち運営が頭を悩ませて作ったものだ。

運営側のおれが参加していいのかとちょっと思ったけど、運動能力は大してないので許してほしい。

受付登録順に広場を出て行き、やがて全組が終わると、鐘が鳴りそれがはじまりの合図となる。

「では、次。『キリオドラッグ』、行動を開始してください」

呼ばれたので、おれとノエラ、ビビとエレインは広場を出ていく。

「あるじ、ノエラに任せる！」

頼もしいモフ子の頭を撫でる。

「ど、ドキドキするね……っ」

「レイジ様やノエラさんたちと一緒ですと、わたくし、なんだかワクワクします」

ノエラは例外だから置いとくとして、女子たちの集まりだから、そこまで長く生き残らないだろう。

誰も来そうにない町外れの民家の陰におれたちは移動した。

しばらくすると、大きな鐘の音が聞こえてきた。

「頑張りますわよー！」

というエレインのかけ声に、おれたちは「おー！」と応えた。


イレイザーを使ってのバトルロワイヤルがスタート。

四人で一か所に隠れているけど、参加者がやってくれば一瞬でバレるだろう。

かくれんぼしているみたいで、子供の頃を思い出してドキドキする。

「ノエラ、方針は？」

「る？　優勝」

「いや、それは目標で……。方針ってのは、敵を見つけたら、逃げるのか倒しに行くのか、どうするのかってことだ。それをあらかじめ決めておかないと」

「もちろん逃げるよね。生き残る戦いなんだもん」

ビビの意見におれは賛成だ。無駄なリスクを負う必要はない。けど、残り二人は首を振った。

「倒す。華麗に」

「ぴゅっぴゅっと、わたくしも戦いますわよ！」

イレイザーの中にある水は、井戸でのみ補給可能というルールだった。

井戸は町に何か所かあるけど、空になれば汲みに行く必要があるので、そこを狙うやつもいそうだ。

町外れなので、人通りはほとんどなく、祭りの喧騒が遠くから聞こえてくる。

「る!?」

すんすん、と鼻をひくつかせたノエラが、シュバッと物陰から飛び出した。

「お、おい、ノエラ――」

通りにはイレイザーを持った参加者が一人でこちらへ走ってきているところだった。

「さ、参加者！　キミは薬屋さんとこの――！」

敵が構えた瞬間、俊敏な動きで的を絞らせないノエラは一気に接近する。

ビシュン、と放った弾はノエラにかすりもしない。

「く！　当たらない！」

「るッ！」

至近距離でノエラが一発を放ち、命中した。

「くそ……俺は、ここまでか……」

膝から崩れた参加者は、ごろんと倒れた。

ノリいいなー。

当たったの、水だぞ水。

「るー！」

ふりんふりん、と一人を倒したノエラは大興奮だった。

他に仲間はいないのか……？

周囲を見回しても、それらしき人影はない。囮作戦ってわけでもなさそうだ。

「ノエラさん、あちらにたくさんの方が――」

エレインが指さした先では、数人が物陰に隠れながら徐々に近づいてきていた。

さっきの人、あの人たちから逃げてきたんじゃ……。仲間がいないのは、あの人たちにやられたから――？

「ノエラのイレイザー、また火を吹く……」

水だけどな、出すのは。

「なんだ!?」

「うぎゃ！　そんなところから!?」

おれたちと戦おうとしていた人たちの叫び声が聞こえる。

「ルール上なしではないけど、いただけないな。大勢で少数を追い詰めるなんて」

「クリア！　兄さん、三人をやったわ」

あの口調と声は……。

「リリカ、こっちもクリア。五人を撃破したよ」

クルルさんとリリカのエルフ兄妹だった。

「あれは、『美男美女』チーム！」

ビビがそう教えてくれた。

なんじゃそれ。いや、間違いではないけど、自分でつけるなよ。

「レイジちゃん、そこにいるんだろう？　出ておいで」

そっと顔を出すと、クルルさんはウィンクをバチンバチンと送ってきた。

えぇぇぇ……。色んな意味でヤバい人に狙われてるぅぅぅ……。

エルフだから狙う、撃つっていう行動は得意なんだろう。

「ビビ！」

「どうしたの、レイジくん。あ、わかった！　逃げるんだね！」

「そうだ。あの二人だと、勝ち目は薄いからな。おまえが二人を引きつける間、おれたちは戦場を一時離脱する」

「完全に囮だよねそれ!?」

ねーねえってば！　と涙目でビビがおれの袖を引っ張る。

「兄さんはレイジを。私はノエラとその他を抑えるわ」

「よし、いいだろう。任せたよ、リリカ」

「ええ」

クルルさんがふっと姿を消した。

え、え、来るの？　おれんところに来るの？

めっちゃ嫌なんだけど。

「リリカ勝負！」

ノエラも受けて立った。

「わたくしもお相手致しますわ！　ノエラさんとのコンビネーションを見せるときがついに
――」

慌てて飛び出そうとした結果、自分のスカートを踏みつけて、ベチャとエレインがこけた。

「おい、エレイン、大丈夫か？」

「痛いですわ……」

でしょうね。

こんなこともあろうかと……。

ごそごそと鞄を漁って、ポーションを一本取り出しエレインにあげる。

そんなことをしているうちに、モフモフのモフ子VSエルフのエル子の戦いがはじまってい
た。

「狩猟祭のとき、弓では後れを取ったけれど今度こそは！」

「るー！　ノエラ、あるじを男にする。誓った。リリカ、負けない！」

「な、何をするつもりなのよ、あなたー!?」

やっぱり誤解されてた。

ビシュン、ビシュン、と二人の壮絶な撃ち合いがはじまった。

NOERA VS RIRIKA

「レイジに変なことはさせないわ！」

「ノエラたち、優勝する。邪魔は許さない」

さらに二人のバトルは激しさを増していった。

屋根の上に、ぬっとクルルさんが現れた。

「レイジちゃん――僕の熱い気持ちを受け取ってくれたまえ！」

ビシュン！　とクルルさんがイレイザーを撃つ。

うわ、セリフが普通に気持ち悪い！

そんなこと考えてる場合じゃない。まずい。当たる――……。

「レイジくんっ」

どん、と誰かに突き飛ばされた。

路地を転がると、おれがいた場所にはビビがいた。

「び、ビビー!?　おれの身代わりに!?」

「……ボク、役に、立てた、よね？」

倒れたビビが、虚ろな目で言う。

「なんでかばったんだよ」

「だって……トモダチ、だから……」

がく、とビビが脱力した。

「び、ビビぃぃぃぃぃ!?　おれとおまえは友達じゃなくて雇用主とバイトだからそのへんきちんと弁えろぉぉぉ！」

むくっとビビが起き上がって、むぅとむくれた。

「どうしてそういうこと言うんだよぅ！　トモダチだよね！　え、違うの……？」

不安になるなよ。

「身代わりを使うなんてレイジちゃんも酷いオトコだ。ゾクゾクするよ」

クルルさんが身震いをしていると、ビビが撃たれたあとから、こそこそとクルルさんの死角にエレインが移動をしていた。屋根から見えない位置にしゃがんで隠れている。

「ふふふ。誰かの手で落とされるのなら、いっそ僕がレイジちゃんに引導を渡して――」

「エレイン！」

おれが合図をすると、エレインが立ち上がった。

「狙いよし、撃ちますわっ」

エレインが引き金を引くと、放った水はクルルさんの脇腹あたりに命中した。

「な、なんで……僕が……嘘、嘘だぁぁ――！」

濡れたところを触った手を見ると、屋根の上にどさりと倒れた。

よし、色々とヤバい人撃破！

「やりましたわぁ！」

「ナイスショット」

イエーイ、とおれはエレインとハイタッチをする。

ノエラが引き金を引いているけど、カスカス、と弾がないようだった。

「るっ……!?」

「え、兄さん!?　嘘!?」

リリカがクルルさんのことで気を取られている。

今がチャンスだ。

「ノエラ、使え！　今は亡きビビの銃だ！」

おれはビビのイレイザーをノエラに投げ渡す。あれならまだ満タンだ。

「ビビ……」

ノエラはイレイザーを見つめてじいん、とする。

「え、死んでないよ？　脱落はしたけど死んでないよ!?」

「ビビの仇！」

「兄さんの仇！」

わずかにノエラの反応速度が上回った。

「きゃ、冷たっ!?」

ピシャっとリリカの顔にノエラの水がかかった。

「るー♪」

「ノエラさんがやりましたわぁ！」

よし、どうにかしのいだな。

エレインとノエラがハイタッチ。おれもノエラとハイタッチ。頭を撫でてご褒美ポーションをあげた。

ごきゅごきゅ、とノエラが喉を潤す。

適当に脱落するつもりだったけど、こうなったら、倒した人たちの分まで頑張るか。

「ビビが脱落して三人か……。よし。予定通りだ」

「何、予定通りって!?　元々ボクを囮にするつもりだったから!?」

次はどうしよう。

「レイジちゃん。これは、独り言だから聞き流してほしい……」

屋根の上からぼそっと声が聞こえる。

「西の井戸では、自称魔王と仮面の紳士が同盟を結んで、付近のプレイヤーを倒しているらしい。行かないほうがいい」

おれたち三人は、誰のことなのかすぐにピンときた。

「エジル……ノエラが倒す」

「お父様は、わたくしがこの手で……」

行き先が決まった。


西の井戸へおれとノエラ、エレインの三人は向かう。

ビビは脱落したので、本部へと帰っていった。

カラン、カラン――。

また鐘の音が聞こえてくる。

ちょいちょい、と服を引っ張られた。

「あるじ、音」

「ああ。あの音は、チームが残り半分になったことを知らせる鐘だ」

この手のゲームをプレイした経験があるから、ルールの設定は難しくなかった。

「ということは、もう二五組しかいないんですの？」

「そういうこと」

まあ、おれたちが倒したり、目の前で倒されたりしたパーティの数を考えれば、ありえなくもない展開だった。

「ふーっはっはっはっはぁぁぁ！」

エジルの高笑いが聞こえてくる。

「余にこの武器を持たせたが最後！　一気に殲滅してくれるわッ！」

久しぶりに魔王っぽい発言だった。ただ、手にしているのは水鉄砲だけど。

おれたちは足音を忍ばせて、物陰から井戸の様子を見守る。

足下に置いた桶で弾薬（水）を補給したエジルは、獲物を探してきょろきょろとしている。

「少年よ、参加チームは半数になった。そろそろ私どもも積極的に攻めていこうではないか」

イレイザーを手にした仮面の紳士……バルガス伯爵が言った。

「まあそう急くな、仮面の。これより先は補給ができなくなる。脱落者のイレイザーを回収し、いくつかを予備としよう」

「それはいい」

二人はまったくこっちに気づく様子がない。

これは隙を狙って奇襲を一気にしかければ――。

……そんな細かい作戦を立てられると思っていたなんて、おれもまだまだノエラをわかっていなかったらしい。

ノエラは低い姿勢のまま素早くエジルに向かっていった。

「エジ――――――ル！」

「ノエラさん!?」

エジルが驚いていた。敵を、しかも個人的に倒したいであろうエジルを前に、ノエラが隙を見計らうなんてできるはずもなかった。

「エジル、これ以上、やらせない！」

「フハハハハハ！　余を止めてみるがいいッ！」

戦場で好敵手を見かけたロボットのパイロット同士みたいだった。

弾幕を張るエジルと、天性の運動能力を誇るノエラの一騎打ちがはじまった。

セリフだけ聞くとアツい展開なんだけど、シャコシャコして水鉄砲撃ってるだけだからなぁ。

「むっ！　そこにいるのは、レイジ殿……エレインも！」

やっぱりバレたか。

仮面の紳士は、イレイザーを二丁構え、おれたちを迎え撃つつもりのようだ。

「横暴はわたくしが許しませんわ！」

「……だそうですよ、伯爵」

「私は！　伯爵ではない……。故あって仮面で正体を隠している、ただの名もなきガンスリンガー……」

きちんと設定作ってんじゃねえよ。

仮面つけたのって、ただみっともない姿を見せたくないってだけだったろ。

他の戦闘が終わりはじめ、ここだけになったのか、徐々に観衆が増えはじめていた。

「かかってくるがいい！　レイジ殿、エレインよ！」

「行きますわよ、レイジ様！」

「はいはい、行きますよ」

真っ直ぐ突っ走るエレインの援護をする。ちょこまか動くので、背中を撃たないように注意する。

「小癪！　二人程度で私をどうにかできるなどと思わないことだ！」

自信満々なくせに、ばっちり大樽の後ろに隠れて撃ち返してくるバルガス伯爵。

「――レイジ様、盾にしている大樽が邪魔で攻撃が効きませんわ！」

「イロモノキャラのくせに基本に忠実なんですね、伯爵」

「誰がイロモノキャラか！」

そんな仮面つけてたら、そりゃもうイロモノキャラですよ、伯爵。

「エレイン。いいか。おれが飛び出して注意を引く。その隙にエレインが仮面ガンスリンガーを撃つんだ」

「それでは、レイジ様が」

「いいんだよ、おれは」

ふっと皮肉そうに笑ってみせる。

こういうシチュエーションで一回言ってみたかった。

「るー！　るるるっるぅ！」

「むぉぉぉ！」

魔王VSモフ子は激戦だった。弾丸という弾丸が飛び交い、周囲を濡らしている。

……もう、ノエラが勇者になればいいんじゃないかな。

「わかりましたわ。レイジ様のお覚悟、わたくし無駄には致しません！」

「よし、いい子だ。仮面ガンスリンガーを倒したら、ノエラを援護してやるんだぞ」

「わかりましたわ」

ハハハ、どうした怖気づいたか！　と、バルガス伯爵はおれたちを煽ってくる。

鐘が鳴って、また参加チームが減ったことがわかった。さっきよりも観衆が増えている。

もしかすると、おれたちが最後に残っている二組なんじゃ……。

そうなると、俄然負けたくなくなった。

「行くぞ、エレイン」

「はいですわ！　行きますわよ！」

おれが飛び出すと、その後ろをエレインが盾にするようについてくる。

「仲間を盾に使ったところでッ！」

シャコシャコ、とやって弾を撃ってくる。

さっきからずっと思ってたんだけどリロードにずいぶん時間がかかっている。

「くう……このシャコシャコが思いのほか疲れる……」

思った通り、運動不足のバルガス伯爵には終盤のスタミナが残っていないらしい。

チャンスだ。

樽に右からおれが回り込もうとすると、左からはエレインが回り込む。

「さ、左右から!?　ええい、小癪小癪ゥ！」

二丁のイレイザーでそれぞれを撃とうとしたけど、補充不足でちょろっとしか弾は出なかった。

「これで終わりだ！」

「ですわ！」

左右からの弾が直撃したバルガス伯爵は、ばたりと倒れた。仮面が少しだけズレている。

「そのお顔は――まさか、お、お父様……？」

いや、わかってただろ。何驚いた顔してんだ。

「エレインよ……ずいぶんと、強くなったな……」

「やはり、お父様でしたの!?」

倒れているバルガス伯爵を起こすエレイン。

いや、だからさ。

「私だとわかっては、本気が出せぬであろうと思って、この仮面を……」

「そうでしたのね……」

あの仮面、みっともない所を晒したくないからって話でしたよね？

「もう、おまえは一人前のレディだ……」

ごふっ、と咳き込んだバルガス伯爵は、ゆっくりと目蓋を閉じた。

「お、お父様？　――お父様ぁぁぁぁぁぁぁぁあああ！」

エレインが亡骸（？）に抱き着いた。

くすん、ぐすん、と周囲から聞こえる。観衆が、ハンカチ不可避で全員泣いていた。

この寸劇、そんな刺さったの!?

「るーっ！　ヘンタイ魔王、討ち取ったり――――！　るるる♪」

うつ伏せになってケツだけを突き出しているエジルを前にして、ノエラが勝利の雄叫びを上げていた。

「く……なぜだ……余が負ける、だと……!?」

屈辱の表情をするエジルはノエラを見上げる。

「憎しみや怒りで争う人々は愚か。だけどそんな喜びや楽しさや希望を力に変えるのもまた人の力。それを侮ったおまえの負けだ」

ノエラが流暢に勇者みたいなことを言っている。

さてはノエラ。おまえこのセリフ言いたかっただけだろ。

カラン、カラン、と何度も鐘の音が響く。終了の合図だった。


「優勝は、『キリオドラッグ』――!」

参加者や観衆が集まった広場で、おれたちは表彰をされた。

といっても、何か景品があるわけでもなく、ただ第一回の優勝者という肩書がもらえるだけのことだ。

「ボク、最後は手に汗握ったよぉ。ノエラちゃんカッコよかったよ」

「るっ」

興奮気味に語るビビに、ノエラはドヤ顔だった。

「みなさん、お疲れ様でした」

本部の撤収作業を終えたミナがやってきた。

「どうでしたか、レイジさん？」

「出たら出たで、結構楽しかったよ」

「あるじ、また今度、出る」

「わたくし、また出たいですわー」

うんうん、とおれはうなずく。

「そうだな、また三人で出ような」

「ボクを忘れてるよ、レイジくんっ！　ボクを入れて四人だからね！　ボクが身を挺して守らなかったら、レイジくん、やられちゃってたんだから！」

「冗談だよ、冗談」

そう言っておれはビビを宥めた。

イレイザーは、このカルタ・バトルロワイヤル祭りのおかげで認知度を一気に高め、ポーラの道具屋で売ることになった。そうなることを見越しての祭りだったんだろうけど、しばらく道具屋はめちゃくちゃ繁盛した。

消化液とセットでキリオドラッグでも販売しているけど、祭りのイメージのせいで「武器」という認識になってしまったようだった。

本来は消火グッズなんだけどなぁー。

今じゃ、消火もできる遊び道具として町に広まっていったのだった。

4 まろみ

がらり、とノエラが創薬室に入ってきた。

「どうかしたか？　ポーションはさっきあげただろ？」

「あるじ、違う。おなか、いたい」

またなんか変なモンでも食ったのか？

「腹痛止めあるから。それは飲んだ？」

「まだ」

「じゃあ、とりあえずそれ飲んでみたら」

「わかた……」

いつもはピンとしている耳が、へにょん、と垂れさがっている。

うん。元気がない証だ。わかりやすいな、ノエラは。

「他に在庫が減ってきている薬は――」

はう……!?　は、腹が痛い!?

あれ。おれ、なんか変なモン食ったっけ？

今日は、ミナが出してくれたご飯しか食べてないぞ。あとは食事のときに水を飲んだくらいで……。

「先生ー！　腹痛薬の在庫がもうないので……って、どうしたのですか、先生」

生まれたてのヤギのような姿を見られてしまった。

エジルが目を丸くしている。

いや、言いわけをさせてほしい。この体勢、なんか楽なんだ。

「い、今ちょっと腹が痛くて……」

「大丈夫ですか？」

「ああ、うん。エジル、おれにも腹痛止めを……」

「ですから、その在庫が……。ノエラさんが持っていったもので最後でした」

「お、おい、待て……昨日の時点でまだ二〇個くらいあったろ？」

「浅ましいニンゲンどもが、我先にと買い求めてきまして」

ん？　ということは、おれやノエラ限定の症状じゃない……？

「原因を調べないと」

その前にトイレ――。


腹痛薬の在庫を復活させると、やっぱりおれたちだけじゃなくて住民たちも腹痛に悩まされているらしい。

となると、水……。

それしか考えられなかった。

翌日やってきたビビに事情を説明すると、水の生活石を調べはじめた。おれたちが飲み水にしたり、料理するときに使ったりする、この世界の便利道具のひとつだ。

ビビは流れでた水を触ったり、においを嗅いだり、ぺろっと舐めたり、色々と調べてくれた。

「どうだ、ビビ。なんかわかったか？」

「どうやら、毒素のようなものが含まれているかも」

そんなことがわかるのか。

「さすが、水の妖精！　すげーな！」

「違うよっ。ボクは湖の精霊だよ！　何度間違えるんだよぅ。そんなんじゃ、褒められたのに素直に喜べないじゃないか」

むう、とビビは頬を膨らませた。

「けど、毒素って……」

「安心して。毒素自体は弱いから。吸収できないから、それを体が外に出そうとするのかも」

「なるほどな」

水あたり、ってところか。

けど、我が家だけでなく他の人もそうなっているってことは……。

火や風、水の生活石をこの町で売っているのは、あそこしかない。

「うーす。ポーラいるかー？」

一人で道具屋へやってきたものの、カウンターにポーラの姿はない。

「今ムリーー！」

と、こもった声が奥から聞こえてきた。トイレかな。タイミングが悪かったらしい。

「お花を摘み摘みしてるから！　摘むどころか、伐採しているから！　波状攻撃を受けてて」

「言わんでいい！」

待つこと一〇分ほどでポーラはげっそりとした顔で奥から出てきた。

「腹痛？」

「そうだよ。レディにそんなこと訊いて、もう。レーくんったら」

いたずらっぽく笑うけど、どこか覇気がない。

おれはビビが調査してくれたことをポーラに伝えた。

「じゃあ、あの波状攻撃の正体は生活石のせいだっていうの？」

「そういうことらしい。何か変わったことはあった？」

「ううん。なんにも」

あれはあれで、魔石の一種らしく、行商人たちや冒険者が売りに来るという。ほとんど前者らしい。行商人は何人かいるけど、誰がどの生活石を持ってきたのかは、区別がつかないそうだ。

「じゃあ、質の悪い生活石をウチが買い取って売っちゃったってことかぁ……ううん、こりゃ申し訳ない」

「今度は何かしら対策立てるとして。今どうするかだなぁ」

「このままレーくんは、腹痛薬を量産すると、飛ぶように売れる……。ウチらがグルだって後ろ指さされるのも癪だしねぇ」

そうだなぁ、と相槌を打つ。

ポーラは儲け話は好きだけど、他人に迷惑をかけてまで儲けようってやつではない。

「煮沸消毒がとりあえずいいのかな」

「そんなの面倒じゃん」

「仕方ないだろう？」

まーそうだけどさー、と渋面のポーラ。

わかるぞ、わかる。今までそのまま飲めていたのに、沸かさないといけなくなったっていうひと手間が面倒って気持ちは。

「作るっきゃねえな」

「レーくん、ガンバ！」

手伝う気はまったくない、というポーラの強い意思を感じた。

「もしさ、作れたらウチが全部買い取るから、お客さんにはタダで配ってあげてよ」

「了解」

どうやら、ポーラなりに責任を感じているらしい。

道具屋をあとにし、店に戻って創薬室に入る。

現代の日本や先進国では当たり前のように安全な水が飲めるけど、国によってはそうじゃない。

そんなときに、この薬が役立つという。

【浄水薬：バクテリア、水生ウイルスなどの人体に害のある雑菌を除去する】

できた。

これを試すため、キッチンへ行って生活石から水を出す。

桶に貯めていると、後ろから声をかけられた。

「レイジさん、今度は何を作ったんですか？」

「水がどうも体に悪いみたいで。その雑菌を取り除く薬を作ったんだ」

あ〜、と合点がいったようにミナは手を合わせた。

「ノエラさんがお腹痛いって言っていたのはもしかして？」

「そ。そのもしかして。おれも痛かったんだ」

「わたし、ノエラさんがまた変なものを食べたんだろうって思ってました」

前科あるからな、ノエラは。そう思われても仕方ない。

「ビビに調べてもらったら、水が悪いってわかったんだ」

水が桶に貯まったところに、【浄水薬】を一滴垂らす。

ぴちょん。

水面に波紋が広がり、すぐになくなった。

念のため混ぜてから、コップですくって飲んでみた。

「ん？　あ、おいしいかも」

水の美味いマズいはわからないけど、以前よりよくなっている気がする。舌触りというか、まろやかさというか。

「本当ですか？　わたしもいいですか？」

ミナにコップを渡すと、ひと口飲んだ。

「あ。本当です～～！　すごくよくなりました！」

話し声が聞こえたのか、ノエラが顔を出した。

「あるじ、どした」

「ノエラも、飲んでみ」

水だとわかると、一瞬嫌そうな顔をしたノエラだったけど、コップを受け取った。

すんすん、と警戒する犬みたいに鼻を鳴らして、ちろっと舐める。

「る？」

ちろちろ。ぐいっ。ごきゅごきゅ。

「まろみ。うまみ」

ノエラは空になったコップを見て目を輝かせている。

「あるじ、ポーションの美味、追究！」

「え？　あー。そっか。この水を使えば……」

「る？　ポーションのため、違う？」

今のところ、商品による腹痛は起きてないけど、これを機に一旦全部破棄して、「まろみ水」で作り直すとするか。

それから、腹痛薬を求めてやってきた人たちに【浄水薬】をすすめて使ってもらったところ、口コミで一気に町中に広まった。

水をきれいにする薬というより、おいしい水が飲める薬として【浄水薬】は有名になった。

ちなみに。

【浄水薬】を使ったポーションを作ってみた。

ポーションソムリエ・モフ子がテイスティングしたところ。

「美味の味！」

感想はいつも通りで、飲み比べても違いがわからないらしかった。

5　キリオドラッグの定休日

「明日の定休日、みんなでどこか行こうか」

閉店作業を終えたあたりで、おれは誰にともなく提案してみた。

今日はちょうど、ビビもエジルもいる日だったので、相談しやすかったのだ。

「いいですね～！　是非行きましょう」

ニコニコとミナが言うと、おそるおそるビビが挙手した。

「ボ、ボクもいいのかな？」

「うん。みんなだからな」

「せ、先生。余も、余も行ってもいいのですか!?」

「みんなだからな」

先生ぇぇぇぇぇぇぇぇ！　と飛びついてくるエジルの顔を掴んで接近を拒否した。

「で……どこ行きたい？　次の日は営業だから日帰りにしたいと思ってるんだけど」

「レイジくん、はい、はい！」

「バイトA、発言を許可する」

「湖……！　湖畔でピクニック……！」

それって、前に一回やったんだよなぁ。ビビと知り合ったあの日がまさにそうだ。

「先生！　余は……余は……どこでもついて行きます！」

とくに希望はないらしい。ま、エジルはノエラがいたらどこでもいいんだろう。

話を聞きつけたノエラが、奥から出てきた。

「ノエラ、森でサバイバル、したい」

「却下」

サバイバル道具じゃないのに、ノエラはイレイザーを手に持ってやる気十分だった。

「なんでせっかくの休みにハードなことしないといけないんだよ。そういうのはナシで」

「るぅ」

不満げだった。

「レイジさん、ハイキングはどうでしょう。山とはいわず、ちょっとした丘にみんなでのぼって……」

「女ぁ！　先生にご苦労をかけるとは何ごとだ！」

エジルはミナにだけ超強気なんだよなぁ。

ハイキングか。

「いいんじゃないか、それで」

エジルがくるりと手の平を返した。

「そうしましょう、是非そうしましょう！」

「荷物はグリ子の背中にのせて移動すれば、そこまでキツくないだろう」

採用されたミナは嬉しそうにパチンと手を合わせた。

「丘にのぼったあとは、見晴らしのいいところでお弁当を食べるんです」

素敵アウトドアイベントになりそうだ。

「虫、いっぱい？」

ノエラが心配そうに表情を曇らせる。

そういや、実は虫が苦手なんだっけ。

「そりゃ、多少は出るだろう」

「る……!?　虫、いや。嫌い」

アウトドアで必須のあれがあれば、ノエラも大丈夫なはずだ。

店に類似品はあるけど、それじゃ範囲が広すぎて、ノエラにも効いちゃうんだよな。

「便利アイテム作るから、それならノエラも心配いらないぞ」

「る！　さすがあるじ。持つべきは、あるじ」

腰に抱き着くノエラの頭をモフモフと撫でる。エジルがうらやましそうな目でこっちを見つめていた。

エジルがカウンターにどこからか取り出した地図を広げた。

「ハイキング……手頃で日帰りできるとすれば、このビゼフ山がよろしいかと。先生」

さすが魔王。こっちの地形にも詳しいらしい。

エジル曰く、ビゼフ山は標高四〇〇メートルほどで、かなり背の低い山のようだ。

「付近にそれ以上に高い山がないため、見晴らしが良いと思われます」

エジルって、魔王よりも主人の右腕のほうが適役なんじゃないのか。

「ぼ、ボクでも大丈夫かな……」

「ビビさんでも問題ないでしょう。ビゼフ山は湧き水が豊富とのことですし」

「なら安心だね」

他に候補地はないらしく、ビゼフ山で決まりとなった。

ビビとエジルのバイトコンビが帰っていき、ミナとノエラが夕飯の準備にとりかかった。

明日のために新薬を作っておくか。

「【忌避剤】をベースにして……」

在庫を一本拝借し、色んな材料を加えてアレンジしていく。

「よし、できた」

【虫無視クイーン：虫を無視できるほど、虫がよりつかなくなる防虫薬】

これがあれば、虫がよりつかなくなって快適に過ごせるはずだ。

「あるじ、ご飯、できる」

ノエラがひょこっと顔をのぞかせた。

「ノエラ。虫はもう気にしなくてもよくなるぞ」

「る？」

おれは新薬を試すため、以前グリ子の餌を集めるために使った【昆虫ジェル】を持って、外にやってきた。

「あるじ、それ何？」

「虫がよりつかなくなる薬だ」

「る！　ノエラ用？」

「そう。ノエラ用だ」

【昆虫ジェル】を適当な石に塗ると、ブワァァァァァ、とひくほどの数が一瞬で集まった。

「るーっ!?」

ビュン、とノエラが物陰に隠れた。

「新薬の瓶の栓を抜いておくと――」

ふわわわあ、と特徴のある香りが漂いはじめ、虫の大軍にむかって一歩を踏み出すと、ブワァァァァア、と同じ勢いで去っていった。

「あるじ、虫、追い払った！」

興味津々だったので瓶を渡すと、ノエラがスンスンとにおいを嗅ぐ。

「ニオイ、ヘン。でもツラくない」

「忌避剤だとノエラや魔物たちがよりつかないけど、これは虫に狙いを絞ったものだから、ノエラやグリ子でも大丈夫だ。この【虫無視クイーン】があれば、ノエラも安心してハイキングできるぞ」

「あるじ、ありがとう」

ふりんふりん、とノエラは尻尾を振った。

「あるじ、尻尾触る。ノエラ、許す」

許しが出たので、尻尾を思いきりモフモフさせてもらった。


「先生、おはようございます」

眠っていると、耳元でぼそっと声がした。

「うわぁあ!?　だ、誰!?」

「余です。先生。先生の一番弟子の」

弟子にした覚えはねえ。

「今何時……」

ベッドの上から窓の外を眺めると、まだ明け方。ようやく太陽が顔を出そうかという時間だった。

「何しに来たの」

「そんなご無体な！　余も連れて行っていただけるという話です」

「ハイキング？　こんな時間に来なくても……」

目をこすって、あくびをひとつする。

「余は、病気なのでしょうか、先生……」

「え。なんの？　頭が悪いから？」

「先生、寝起きだとすさまじい毒を吐くんですね」

おれは頭をがしがしとかいて、またあくびをした。

「なぜか、今日のことを考えると、眠れなくて」

遠足前の小学生かよ。

おれもわくわくは多少したけど、寝つきが悪くなるってほどじゃなかったぞ。

あー。そっか。魔王は、遠足なんてしたことがないんだ。

おれみたいに遠足慣れしている現代っ子とは経験値が違うんだ。

「気にすんな。病気じゃないから。上限三〇〇円で買うおやつのラインナップ考えてたら眠れなくもなるんだから、いよいよ前日ってなれば、そりゃ目も冴えちゃうよ」

「おやつ？　三〇〇エン？」

この世界の人にはわかんないよな、このあるある話は。

エジルのせいでおれも目が覚めてしまった。

水でも飲もうとキッチンへ向かうと、カチャカチャ、と物音がする。

「あ、レイジさん、エジルさん、おはようございます」

ミナが今日の準備をしていた。

「早いな、ミナ。早いっていうか、早すぎな気もするけど」

えへへ、とミナがいたずらっぽく笑う。

「なかなか眠れなくて」

学校がないんなら、遠足なんてイベントはない。

ミナも今回が初経験だろう。

てことは、モフ子&精霊も、初だよな……？

「ティーセットに、他にはお皿を——」

どでかいバッグに、ミナは丁寧に食器をしまっている。

……グリ子に荷物を載せるからって、めちゃくちゃはりきってるな。

「エジルさん、お湯を沸かすのは難しいでしょうか」

「問題ないと思うが、果たして道具はすべて入るのか？」

「ううん……それでは諦めましょう。冷めてしまいますが、紅茶はポットに入れて持っていきます」

熱々の紅茶を見晴らしのいいところで飲むってのもなかなか優雅だ。

ふむ。熱々の紅茶か……。

おほん、と咳払いをしたエジル。

「女、余も何か手伝ってやろう」

「ありがとうございます。それじゃあ——」

ミナの指示に従って、エジルが準備を手伝いはじめた。

エジルは、王様気質なのにできるヤツだから使い勝手がいいんだよな。何させても役に立つし。

出発にはまだ時間が十分ある。思いついた新薬でも試しに作って持っていくことにしよう。

創薬室への途中、話し声が聞こえてきた。

「ノエラちゃん、どうしよう。ボク、全然眠れなかったよぅ」

「ビビ、うるさい……ノエラも、眠れない……」

昨日、ビビは帰らず、ノエラの部屋に泊まっていた。

二人も眠れなかったらしい。

今日はイレギュラーな休日だと勘づいたのか、外からは、グリ子の鳴き声が聞こえる。

まだ朝も明けてないのに、全員起きていた。

「これなら、出発時間を早めてもいいかもな」

創薬室の扉を閉めて、今日必要な薬の準備をはじめた。

昨日作ったばかりの【虫無視クイーン】に、グリ子と意思疎通させるための【トランスレイターDX】。他には【忌避剤】——。いや、魔王がいるんだから【忌避剤】は要らないかな。

他は、ポーションに腹痛薬など常備薬を用意。

それから、サクっと新薬を作って、準備完了。

「これがあれば、色々美味しくできるはずだ」

みんなの驚く顔が目に浮かぶ……。

準備を整えると、グリ子を厩舎から出してあげる。

「きゅきゅお！　きゅお！」

ばさばさ、と翼を動かして興奮している様子だった。

【トランスレイターＤＸ】を飲んで、何を話しているのか聞いてみた。

『どこ行くんです？　みなさんそろって。グリも、グリも連れていってもらえるんですか⁉』

「大丈夫。おまえにしかできないことも頼むつもりだから」

『わーい。お役に立てるの、グリ嬉しいですー』

愛いやつよのぅ。

好々爺のようにおれは目を細めて、グリ子の胸あたりの羽毛をわしゃわしゃとしてやる。

グリフォンのグリ子は空が飛べるから、みんなで乗れるんじゃないか？

「なあグリ子。おまえの背中に五人乗せられそう？」

『五人ですか？　マッチョじゃなかったら大丈夫だと思いますよ？』

それなら大丈夫そうだな。

これで山の麓までの移動時間を一気に時短できる。

じー、とノエラが窓からこっちを見ていた。

「あるじ、モフモフする、ノエラだけ」

『……』

汗をたらたら流したグリ子がおれから距離を取った。

『ご主人様、ダメです、教官のモフモフがありながらグリをモフってしまうなんて！』

まだ教官って呼んでるのね。

ミナがどでかいリュックを背負って外に出てくると、ビビもノエラもエジルも出てきた。

「あら～。みなさん揃ってしまいましたね」

「ちょうどいいし、このまま出発しようか」

作ってくれていた朝食のサンドイッチは、道中で食べることにした。

おれがグリ子の背にのると、その前にノエラが乗る。おれの後ろには、エジル、ビビ、ミナが続いた。

「グリ子、いいぞー。出発だ」

『わっかりましたー！』

たたっ、たたっ、と軽快に走り出すと、翼を動かし、地面から両足が離れた。

エジルは慣れた様子だったけど、おれも含め、みんな歓声をあげていた。

「エジル、山の麓まではどれくらいかかりそう？」

「本来なら一時間ほどでしたが、この様子だと一〇分ほどかと」

「ねえねえ、レイジくん。このままキューちゃんで山の頂上に行っちゃおうよ」

それは、おれもちょっと思った。けど――。

「ビビさん、それはダメですよー。自分の足で登るからこその達成感があるんです」

「そっかぁ」

やがて山が見え、麓まではすぐだった。

天気は快晴。ハイキング日和。

大木の陰を見つけて、ミナがシートを敷き、おれたちはそこで持ってきていた朝食を食べはじめた。

レタスにチーズにカリカリのベーコン。美味い。

ノエラも満足しているのが、ゆらゆらさせている尻尾でよくわかる。

「ミナ、紅茶ある?」

「はい。今淹れますので」

「あ、ポットごともらっていい?」

怪訝な顔をするミナに、ポットを渡してもらう。

おれは荷物に入れていた瓶を取り出し、その中に紅茶を注ぐ。

この時点でかなり冷めてしまっていた。

「先生、その紅茶はどうするのですか」

「紅茶を、あっためる」

紅茶を注いだ瓶を、革袋に入れその中に新薬と水を入れる。

シュー……。

音とともに、白い蒸気が縛った口から薄っすらとでてきた。

「あるじ、白いの出てきた」

「蒸気だよ」

察したビビが、驚いたようにおれと革袋を交互に見る。

「レイジくん、まさか、これ……」

「ああ、そのまさかだ」

「煙を出して、燻製」

「違う」

全然わかってなかった。

【ヒートヒーターヒーテスト：瞬間加熱剤。水と反応することで高熱を発し蒸気で物体を温める】

蒸気がでなくなると、用意していた鍋掴みで瓶を取り出す。

ホカホカの紅茶になった。

「す、すごいです～～～！　あったかい紅茶に！」

「先生のこれがあれば、従軍中冷めた飯を食う必要はないかもしれませんね」

つん、とノエラが革袋を触ると、熱かったらしく「るっ!?」とすぐに手を引っ込めた。

ミナに渡してもらったカップに全員分の紅茶を注ぐ。

サンドイッチと合わせて飲むと、ほっと一息、安らぎの瞬間だった。


ミナが作ってくれた朝食と【ヒートヒーターヒーテスト】で温めた紅茶を飲み終え、いよいよハイキング開始。

狼モードになったノエラがすんすん、と鼻を鳴らし、道に魔物や獣がいないかを確認してくれる。

【虫無視クイーン】を使っているおかげで、虫を一匹として目にすることがなかった。

『こっち。問題ない！　こっちこっち』

【トランスレイターDX】を使っているおかげで、狼ノエラの声もきちんと聞こえた。

山道を行くには、こっちのほうが都合がいいんだとか。

人間みたいな二足歩行は、山歩きに適してないんだろう。

『教官の毛はツヤツヤで、グリうらやましいです』

『ノエラ、毎日、お風呂入る。当然』

ふすん、と得意げに狼ノエラは鼻を鳴らした。

「ノエラさん……なんて神々しいお姿……」

エジルが感動していた。

「まさに山の神」

「そういや、エジルは見るのははじめてだったんだな」

ふりふり、とノエラが振っている尻尾に見とれているエジルが、わなわな、と震えだした。

「どうした、エジル」

「そんな……余の目の前で尻尾を振るなんて！　なんてイヤらしいっ！」

そう感じてるの、おまえだけだよ。

「ノエラさぁぁぁん――――――――ッ！」

辛抱たまらんとでも言いたげにエジルが飛びつこうとすると、くるりと後ろ向きになったノエラ。

「るウッ！」

飛びついてきたエジルの頭を口でくわえた。

「あ、あぁぁぁ～」

悲鳴というより、マッサージでも受けているかのような気持ちよさそうなエジルの声だった。

『あるじ、こいつ、もうダメ。ノエラ、噛み砕く』

「やめなさい」

『ハレンチです、エジルさんハレンチです』

グリ子がノエラの口から出ている体をゲシゲシと蹴っている。

「やめろ。ケンカするなよ」

魔王だけど、キリオドラッグにおいては、ミナと同じくらい有能で優秀なエジルだ。

ここで死んでもらうわけにはいかない。

ノエラがぺっ、と吐き出すと、にやけ面のエジルが道端に転がった。

「放っておくか。なんか、楽しそうだし」

「そうですね〜」

ミナがニコニコと笑顔でなんのフォローもなく言った。

まあ、魔王だし、襲われることもないだろう。

おれはおれで、やりたいことがあるので、小競り合いに構っている暇はないのだ。

ぷちん、ぷちん、と普段採れない薬草や木の実や花などを採取していく。

それを見たビビが不思議そうに言った。

「レイジくん。何してるの？　図鑑作るの？」

「違うよ。新薬を作るときの材料にしようと思って」

「ボクも手伝うよ」

「ありがとう。じゃあ、おれが採ったのと同じやつを頼むよ」

「うん、了解！」

これでまた作れる薬の幅が広がる。

グリ子に乗って一〇分程度なら、この山も素材採取ポイントにできる。畑で栽培できそうな品種ならそうすればいいし。

ビビが嬉しそうに革袋に入れたものをおれに見せてくれる。

ずいぶん早いな。

「レイジくん、レイジくん。いっぱい採れたよ！」

カラフルなキノコがたくさん入っていた。

……某キャラが一瞬で成長しそうな、そんなキノコ。

【アミューダケ：見たら一発でわかるヤバイキノコ。下痢や嘔吐、幻覚、幻聴などを引き起こす】

「……ビビさんや。どうしてこれを採ろうと思ったんじゃ？」

好々爺のようにおれは目を細めて尋ねてみる。頭ごなしに怒るのはよくない。

「キレイだから！　レイジくんのお薬も、カラフルになって――」

「カラフルな毒薬が作れますねありがとうございます！」

くわっと目を見開いたおれは、革袋ごと遠くに思いっきり投げた。

「あ――――！　何するんだよぅ！」

「何するんだよぅ、はこっちのセリフだ。ばかちん」

ゴス、とビビの頭にチョップする。

「いたっ!?」

「おれが採ったやつと同じのを探せって言っただろう」

「ボクはね、これでもレイじくんの役に立つものだと信じて――」

「時給減らすぞ」

「ごめんなさい」

言いわけを一瞬にしてシャットアウトした。

薬は薬でも、人体に害を与える目的の薬は作らないのがおれの信条だ。

もし害があったとしても、一時的なものがほとんどだ。

そりゃ、間違った使い方をすれば害になってしまうモノもあるけど。

ふふふ、とミナは楽しそうに笑いながら、おれたちのやりとりを聞いている。

ビビの代わりのつもりなのか、ミナもおれの採取を手伝ってくれて、数はかなり増えた。

「助かるよ、ミナ」

「いえいえ。わたし、こういう採取ではあまりお供しないので、楽しいです」

……そういや、そうだな。

ミナは店の仕事や家事ができるから、そっちで手一杯。

薬草菜園の作業を手伝ってもらうことはあるけど、野山に連れ出して素材採取活動をさせるのは、なんかもったいない気がするのだ。

こういうときの適役は、索敵レーダー代わりのノエラが一番だ。

歩き疲れたので、休憩をいくつか挟む。

「レイジくん、ボクもう歩けないよぅ……」

ビビがグズりはじめたので、グリ子に乗ってもらうことにした。

「精霊サマは、体力ねえな」

「精霊じゃなくて妖精――あれ？ ……精霊で合ってるよ！」

おれのフェイントにあっさり引っかかっていた。

登りはじめて二時間ほどで、山頂に到着した。

さすがに慣れないのもあって疲れた……。

ミナもビビも同じくそうで、腰かけるのにちょうどいい岩に座り込んでいた。

「るっ！ 絶景！」

人型モードに戻ったノエラが、おれの服を引っ張りながら指をさす。

その先には、開けた大地が広がっていた。指先ほどの小さな畑や糸みたいに細い川。アリのように見える人が、街道を進んでいるのがわかる。

「おぉ……いい景色」

ビビもミナもおれと似たような感嘆の声を上げていた。

火照った顔に吹きつける冷たい風が心地いい。

足下を見下ろすと、さっきまでひいこら言って登ってきた道が見える。

しばらく無言で景色を堪能すると、ぎゅぎゅーん、とノエラの腹が鳴った。

レーザー銃みたいな音だな。

「あるじ、お腹すいた」

「昼食の準備にとりかかろうか」

みんなで座れそうなところにシートを敷いて、ミナがどでかいリュックから道具を取り出す。

「薪とフライパン。卵にベーコン——あ。生活石だけで燃えるでしょうか……？」

「そんなこともあろうかと思って——」

おれはごそごそ、と自分の鞄を漁った。

「【着火剤《ヘルフレイム》】を持ってきてる」

これこそ、ザ・アウトドア用品って感じだ。

「これなら、長い間燃え続けてくれるから火力に心配はないですね！」

その通りだけど、ミナの解説が完璧すぎて通販番組みたいだ。

「レイジくーん。水筒の水が濁ってて……」

ビビが半泣きだった。

「上流のを汲んだんじゃないの？　おいしかっただろ？」

登っている途中、湧き水が流れているところを見つけたので、休憩しながら給水も行った。

はずだった。

「色々あってね。うん」

給水担当の湖の精霊は目を逸らす。

こいつ、入れ忘れてたな？

「紅茶もあと残り少しですし、どうしましょう」

さすがのミナも困ったようだった。

「【浄水液】持ってきてるから、これを使おう」

「うまみ、まろみ！」

ノエラがすぐに反応した。

「これがあれば、少々傷んでても飲めるはずだ」

「ありがとう、レイジくん！」

ミナが料理をはじめ、ノエラが待ち遠しそうに尻尾でぺたん、ぺたん、と右に左にと地面を叩いていた。

即席の窯を作って、その上でミナは料理をしている。ベーコンを焼きソースらしきものを作りながら、別に持ってきた鍋でパスタを茹でる。仕上げに卵黄を落としてチーズの塊をすりがねでおろして振りかけた。

「できました！　お手軽山頂カルボナーラです」

手軽って言っているけど、普通に家で食べるようなクオリティのパスタだった。

そりゃ荷物も多くなるよ。

おれが苦笑していると、フォークを持ったノエラががっつきはじめた。おれたちもそれに続く。

「おいしい。外で食べると、四割増しくらいでおいしい」

「よかったです！」

「ミナ、おかわり」

「ノエラさん、今日はありませんよ」

「るー!?」

パンも持ってきていたようで、パスタと合わせて千切って食べ、パスタのあとはソースをつけて食べていく。すぐにパスタもパンもなくなると、【ヒートヒーターヒーテスト】を使ってミナが温めた紅茶を入れてくれる。

お茶請けとして、クッキーを持ってきていた。

「完璧かよ……」

「えへへ。おいしいだろうなって思って」

ノエラは無言でリスみたいにサクサクサク、とクッキーを食べている。

どう考えても花より団子派だな、このモフ子。

「ボク、こんなに楽しいの、生まれてはじめて……」

「雰囲気重くなるだろ」

「レイジくん、ボクをもうちょっと憐れんでよ！」

憐れんでほしいのかよ。

こんな他愛もない会話をしばらく繰り返し、遅くならないうちに下山した。

「レイジさん、またみなさんで行きましょうね」

「うん。行こう」

「ミナ、今度はおかわり、用意」

はいはい、とミナが笑った。

「レイジくん、ボク、今度はもっとたくさんのキノコ採るよ！」

「ビビは、もういいよ、何もしなくて」

「やめて！　見放さないで！」

楽しい定休日はこうして過ぎていった。

6　書き損じの書き直しって面倒

どんよりした顔で、ジラルが店へやってきた。

町おこしイベントで忙しかったり、ハイキングしたり、と公私ともに忙しかったので、顔を見るのは久しぶりだった。

「よ。どうした、死にそうな顔をして」

「レイジくん。最後の挨拶に、と思って」

最後の挨拶？

「え、何？　転校するの？」

「テンコー？」

そういや通じないんだった。

「あ、いや。……最後の挨拶ってどういうこと？　遠くに行くとか？」

「遠くに？　うん、そうかもね。きっと、イイトコロに行けるはずだよ。俺はいい行いをしてきたと思うから」

いつものように、常連客用に置いてある椅子を引きずっておれの前に座る。

「レイジくんの言った『死にそうな顔』っていうのは、比喩じゃなくて、その通りで……」

「不治の病を治せとか、そんな無茶言わないでくれよ？　準備が必要だから」

「準備が必要って、頼んだら作ってくれるの？」

「いや……そりゃ……まあ、トモダチだし……」

「レイジく――――ん！」

がばっと抱き着こうとするジラルの顔面を手で押し戻す。

「ヤメロ、気持ち悪い」

「そんなツレない態度とって……俺がいなくなったら後悔することになるよ。『あのとき、もっと優しくしてあげればよかった』って」

……なんだ、なんだ。穏やかじゃないな。

適当なノリなのかと思えば、やけにシリアスだ。

ああ、もうダメだ、とおれの目の前でジラルはこぼす。

もう、『何があったの？』待ちの態度だった。

仕方ないから訊いてあげよう。

「何があったんだよ？　できるなら力になるよ」

「レイジく――――ん！」

「だから、近寄んなって！」

ぎゅにぃいいい、とおれはジラルの顔を力いっぱい遠ざけた。

「そう、あれは三日前のこと……」

いきなり語りだしたぞ。

「俺は、誓約書を書いてたんだ。……もうわかるでしょ？」

わかんねえよ。

「そう、恋人のフェリスに書かされていたんだ。『家族以外の他の女性とは永遠に口をききません』って誓約書をね」

わぁー。相変わらずの縛りっぷりだー。

恋人がいること自体をうらやましいと思ったことはあるけど、ジラル&フェリスのカップルはうらやましいと思ったことはない。

「あー、わかった。その誓約を破った？」

「そんなことするわけないじゃないか。俺はね、レイジくん。約束は違えない男だよ」

「へいへい、そうですか。つっても、誓約自体が無茶苦茶なんだけどな……」

話を戻そう、と、ジラルは続けた。

「他の女性とは会話しないっていう内容の誓約書を書いたんだ。俺は愛しいフェリスに誓うってね。……フェリスに誓うって」

「あ、そう」

なんで二回言ったんだ。

「これを、見て」

懐から丸められた羊皮紙を取り出したジラル。

広げてみると、まさしくその通りの束縛彼女の要望丸呑みなもので、フィリスさんに誓うと書いてある。

「何かおかしい？」

「レイジくん、見落としてない？」

「何が？」

つんつん、とジラルは一か所を指差す。

『フィリスに誓う』

……『フィ』リス？

フェリスだよな。

「名前、違う」

「そう……」

このまま渡したら、『フィリスって誰よ！』てな具合に怒られて、ジラルは無事死亡し遠くへ行ってしまうだろう。

「うっかり、やらかしてしまったんだ……」

「書き直せば？」

「手元のラスイチ、これが」

「金持ちなんだからいっぱい買えば」

「今日取りに来るんだよぉぉぉぉ！　そんな時間ないんだよぉぉぉ！」

叫ぶと同時にジラルが泣き出した。感情がごちゃごちゃになっているらしい。

羊皮紙っていや、バルガス伯爵が使っているのを見るくらいで、雑貨屋さんにも置いておらず、おれたち庶民に馴染みはない。

メモをもらったりするけど、布の切れ端だったりする。

手紙ならまだしも、契約とかそういう取り決めごとには必須アイテムになるらしい。

「元々五枚あったんだけど、全部書き損じ」

「そんなにミスったのか」

見ればわかるけど、文章が長い。長文でフェリスさんへの愛を交え（そんなこと書いてるから長くなるんだろ）他の女性と口をきかないことを綴っている。

長くなればなるほど、書き損じる可能性は高まる。しかもこれに関しては、名前ミス。決定的過ぎる。

「というわけだよ。レイジくん……今まで、ありがとう」

肩を落としてジラルが立ち上がる。

おれはそれに待ったをかけた。

「ちょっと待て。座って待ってろ」

「？」

「いいから」

針やナイフで削って書き直せば……と思ったけど、正式な誓約書にするのなら、あまりよろしくないだろう。

でもアレなら、この世界の人は知らないし、使ったこともない。使ったあとどうなるのかわからないから、誤魔化せる可能性大。

創薬室に入ると、事情をこっそりと聞いていたノエラとミナが顔を出した。

「あるじ。ノエラ手伝う」

「わたしも手伝います。レイジさんのせっかくのお友達を亡き者にはさせません……！」

ミナ、そう言われると恥ずかしいからやめて。

「二人ともありがとう。じゃあちょっとだけお願いしようかな」

「る！」

「はい！」

おれは手伝ってくれる二人に指示を出しながら、新薬を作っていく。

瓶の内容物を混ぜ合わせると、完成を示すように瓶が光った。

【デリート液：塗った箇所のインクを消すことができる。文字通り白紙に戻す液体。速乾性抜群】

これなら、ジラルの書き損じた誓約書を部分的に直すことができる。

「あるじ、これ何？」

「これは――」

周囲を見渡し、棚に貼ってあるメモを見つけたおれは、そこに【デリート液】をちょびっと塗った。

するとみるみるうちに、一文字目が消えていく。

「る……？　消えた？」

「消えました、よね？」

「そういう薬だ」

ノエラもミナも、何にどう使うのか見当がつかないようで、首をかしげていた。

「おい、ジラル。これを塗ればきっと大丈夫だ！」

おれは店内に戻り、さっそくジラルの書き損じ誓約書に【デリート液】を塗った。

液体が透明なので羊皮紙の色がそのまま透けて見える。そうと知っていても見つけるのが難しく、知らないのならまず見破れない。

「き……消えた！　文字が、一文字だけ」

「うん。これで、間違えたところを上書きすればいい」

「ありがとうレイジく――――ん！」

「だから、近寄んなって！」

さっとおれは距離をとって、ジラルから離れた。

羽根ペンとインクを用意し、誤字の修正はすぐに終わった。

「やったぁぁぁぁ！　死亡イベント回避だぁぁぁ！」

おめでとう。おめでとう、ジラル。

気になって見に来ていたノエラとミナが様子を見守っていた。

「ジラルさん、お茶、いかがですか？」

あ。ミナ、今はちょっと――。

店の入口に、不穏な影が見えてミナとノエラの口を手で封じる。

「れ、レイジさん？」

「る？　るる？」

「ありがとう、ミナさん。じゃあ、お言葉に甘えて――」

えへへ、と気のゆるんだジラルの表情。その後ろに、黒いオーラを出しているフェリスさんがいた。

「薬屋さんのところだって聞いたから来てみれば……」

ゆら、ゆらり……、とジラルの背後にフェリスさんが立つ。血走った目で肩口からジラルの顔を覗き込んだ。

「何をしているのかしら、ジラル」

「ひいっ」

ミナとノエラの口を押さえていた手を目元にズラし、二人に目隠しをする。

「ずいぶん、楽しそうね、ジラル……」

「ひぎゃぁぁぁぁぁぁあああ」

R指定のショッキング映像を二人に見せるわけにはいかなかった。

死亡イベントは不可避だったか……。

笑顔でフェリスさんは優雅にお辞儀をして去っていった。口から魂が出たジラルの襟首をつかんで、ズリズリズリ、と引きずりながら。

ふう、とおれは額の汗を袖でぬぐった。

うちの子たちが巻き添えにならなくてよかった。

目隠しをやめると、二人が尋ねた。

「レイジさん、どうしたんですか？」

「あるじ、何があった」

「悲しい、事件があったんだ……」

そう、とても悲しい事件がね。

過去を振り返る名探偵よろしく、おれは遠い目をした。

ジラル、向こうでも達者にな。

――なんて思っていると、翌日、両頬に手形のついたジラルが店に現れ、何も言わずポーションを一〇本買っていった。

……死ぬな。強く生きてくれ、ジラル。

7　駆け出しテイマー

　グリ子に朝食を持って行こうと外へ出ると、少女が一人で厩舎の中にいるグリ子を撫でていた。

　近所ではあまり見ない子だ。

　ベレー帽をかぶり、ショートパンツを穿いている。年の頃は、ミナと同じくらいの一〇代半ばってところだろう。

「きゅお」

「いい子だね～」

　グリ子も嫌がっている素振りはなく、どこかリラックスした表情だ。

　おれに気づいて少女はペコリと頭を下げた。

「この子のご主人さんですか」

「はい。人懐っこい子でしょ」

「グリフォンがこんなに懐くなんて珍しいです。こうして触ったのも、私はじめてで」

　ミナが作ってくれたグリ子用ご飯を足下におくと、ガツガツと食べはじめた。

「おれは、このグリフォンの飼い主で、そこで薬屋をやっているレイジって言います」

「私は冒険者で、魔物使いのエヴァといいます」

魔物使い……。

へえ、道理で慣れた手つきだと思った。

きょろきょろ、と周囲を見渡しても、エヴァの使い魔らしき魔物は見えない。

「薬屋さん」

「はい？」

「このグリちゃん、私にください！」

えらいお願いをいきなりしてきた!?

「……嫌です」

「そうですか」

しょぼん、と肩を落としたエヴァ。

そりゃ、誰だって嫌だろうに。

「エヴァさんの魔物は、いずこに」

「先日……冒険の途中で……」

くすん、とエヴァは鼻を鳴らした。

冒険の途中で、お別れしちゃったのか。

「目を離した隙に逃げちゃって」

「逃げられただけかよ」

攻撃から私をかばって――てなドラマを想像したおれがバカだった。

「なので、今は魔物のいない魔物使いです」

剣を失くした剣士みたいなもんか。

「グリフォンは、人がなかなか使役できない魔物ですし、陸空が移動できて、戦闘能力も高いです」

「きゅー！　きゅきゅ！」

褒められているのがわかったのか、グリ子が目をキラキラと輝かせている。翼をばっさばっさと動かしたせいで、下に敷いている藁がぶわっと舞った。

「こんなに懐いているなんて、奇跡に近いと思います」

卵から育てたらこうなったんだけど、その卵がなかなか見つからないんだろう。

「使役できたら便利だし強いってのはわかりました」

「それに！　『あの魔物使い、グリフォンを使役してる、だと!?』ってみんなに思われて、優越感がすごいというか、他の魔物使いに対してもマウントが取れて気分がいいんです」

気持ちいいくらい不純な動機だった。

「うちのグリ子はあげられないけど、新しい使い魔を見つける手伝いくらいならできますよ」

「本当ですか!?」

うん、とおれはうなずいて、彼女を店へと案内する。

「うわぁ。色んなお薬がいっぱい……」

「これと、これかな、とりあえず」

カウンターに二つの商品を並べる。

「薬屋さん、これは？」

「ひとつは【トランスレイターＤＸ】っていう、知性が高い魔物と意思疎通できるようになる薬です。しゃべっていることや、こっちの言葉が通じるようになります」

「すごー！　こっちは？　こっちは？」

「こっちは【魔物ごはんの友達】。魔物にとって魅力満点の風味が香る、餌とかにかけると食が進む薬です」

「そんな――テイマー御用達みたいな超便利なチート薬が――!?」

驚愕で腰を抜かしそうなほどのエヴァだった。

「あるじ、客？」

ひょこっとノエラが顔を出した。

「く、薬屋さん、この子は――」

「ああ。人狼のノエラです」

「ノエラ……は、ノエラ」

警戒しつつノエラが小さくお辞儀する。

「んはぁぁぁぁ〜〜〜っ！　もう無理！　可愛い無理、尊い！　無理ぃぃぃ！」

エヴァが手を差し出しながら、息を荒くしてノエラに近づく。

「る!?」

しゅばっとノエラがおれの背中に隠れた。

「エヴァさん、尊いのはわかりますけど、怖がらせないでください」

「あ。ごめんなさい、つい」

てへ、とエヴァはいたずらっぽく笑う。

「――で。この二種類の薬があれば、新しく相棒となる魔物も見つけやすくなると思うんです」

「大丈夫……でしょうか。意思疎通できるのは、とても嬉しいんですけど、嫌われてたら、罵詈雑言を浴びせられるんですよね？」

魔物ってそんなネット民みたいなことする？

けど、テイマーならキツいときでも指示を出して鞭を打たないといけない状況だってあるだろう。

嫌われることもあるかもしれない。

「でも、その子に対して愛があれば……」

「愛があるから、嫌われるのがツラいんです……」

しみじみと実感を込めて言われた。

……逃げられたんだもんな。使い魔に。

そりゃ、たしかにツラい。

「だから、グリちゃんかノエラちゃんか、そのどっちかを私にください！」

「やらねえよ」

ノエラは、おれの後ろに隠れながら、うんうん、とうなずいている。

「ですよねぇ……」

ため息をついたエヴァは、おれがすすめた薬の両方を買って店を出た。

「あるじ。可哀想」

「そう言うなって」

時間的に、そろそろエジルが出勤するころだ。それまではミナに任せて、エヴァの新使い魔探しを手伝うことにしよう。

「――というわけでミナ。エジルが来るまで、店を頼む」

「はーい。いってらっしゃい～」

笑顔でおれたちを送り出してくれた。

ノエラとともに、肩を落としたエヴァを追いかける。

「おーい、エヴァさん。待ってくださーい」

「薬屋さん？　と、ノエラちゃん？」

追いつくと、おれが息を切らせている間に、ノエラが説明をしてくれた。

「あるじ、ノエラ、手伝う。おまえの使い魔探し」

「いいんですか？」

「ちょっと心配だったから」

「何から何まで、すみません……それと、ありがとうございます」

いえいえ、とおれたちは、エヴァから新使い魔の要望を訊いていく。

「そうですねぇ。強くて可愛い魔物なら嬉しいです」

おれはちらり、とノエラに目をやった。

強くて可愛い、か。

それって相反する気がするんだけど、両立するものなのか？

ノエラは、可愛いに全振りしている感じがする。狼モードなら戦闘能力はありそうだけど、戦っているところを見たことはない。

「ちなみに、以前は何を使役してたんですか？」

「以前は、岩巨人《ゴーレム》を、少々」

全然可愛くねえ。

見たことないけど、可愛くないってことだけはわかるぞ。

どうやら、ゴーレムは魔物使いの間ではポピュラーな使い魔らしい。あまり我が強くなく、従順な性格をしている個体が多く、そこそこ強いので初心者が使役するとすればこの一択、というくらいの人気具合らしい。

……従順なはずのゴーレム、なんで逃げたんだよ。

「まず、仲よくなって、心を通わせます。そうすると使役契約の魔法が使えるようになり、気に入った魔物に対してそれを行い、使い魔となります」

……なんでゴーレム、逃げたん。

エヴァの魔物使いという職種の話を聞きながら、採取によくやってくる森へとやってきた。

「たくさんいても困るので、強《つよ》カワな個体を一体、どうにかほしいです」

強くて可愛い……。強カワな魔物って、この森にいたっけ。

すんすん、とノエラが鼻を鳴らし、索敵をしてくれる。あっちにはあれがいて、こっちにはこれがいる、と教えてくれた。

ごきゅごきゅ、と【トランスレイターＤＸ】を飲んだエヴァは、意気込むように息を吐いた。

「あっちに行きましょう」

そうエヴァが言うと、ノエラの表情が強張った。

……ノエラの索敵では、大まかなことがわかる。小型なのか中型なのか。それ以上なのか。

「あっち、大きい。珍しいニオイ。あるじ」

珍しいニオイ？

エヴァは意気揚々と、おれとノエラはおそるおそる、歩を進めていく。

「あ、あるじ。あ、あそこ……」

木陰にささっと隠れたノエラが指をさす。

「ブルワァァ……ブルワァァァ！」

そこには、上半身裸のオッサンがいた。

弓を手にしていて、ただの狩人かと思ったけど、違った。ロン毛にもじゃもじゃした髭、わさっと生えた胸毛。

腰から下が、馬のそれ。

あ、あれって……まさか。

「ケンタウロス——。や、やだぁぁぁ！　無理ぃぃぃ！　好きぃぃぃ！」

無理って言葉の意味を、おれは小一時間考えてみた。

エヴァが声を上げたせいで、ケンタウロスに気づかれた。

「ブルワァァ！」

上半身が人だからって、人語を使うってわけじゃないらしい。矢をつがえて、放ってきた。

「う、うわぁぁあ!?」

「あるじ、こっち」

ノエラに服を引っ張られ、木陰に引きずり込まれた。そのおかげで、矢を回避できた。

「ノエラ、サンキュー」

「る！」

よし、と言ったエヴァが拳を握った。

「あの子にします。私、決めました」

えぇぇぇぇ……。

「あれこそ、私が求めた強カワです」

強いのはわかるけど、あんな男くさい風貌のどこが可愛いんだよ。

ケンタウロスが何を言っているのかまったくわからないので、持参してきた【トランスレイターＤＸ】を飲んでみた。

『ここを我が森としてくれよう！　ブワッハッハッハッハ！』

や、やべーやつだ!!

『そこに隠れているニンゲンに告げる。とっとと我が森から立ち去るがよい。そして、二度と踏み入ることを許さぬ』

げ。バレてる。

「あるじとノエラ、出会った森……変なオッサン住みつく、ノエラ、嫌」

「だよなぁ」

ここには、ときどき採取に来る。それを禁止されるのも困る。

「あのー！　私、エヴァ。諸事情により、あなたをゲットします」

その言い方だとまた別のアレに聞こえるからやめてほしい。

『乳くさいニンゲンの娘よ。失せろ。二度は言わぬぞ』

オッサンもオッサンで、取り付く島もない様子だ。

エヴァと契約させれば、少なくともこの森からは出ていくし、支配者を気取ることもないだろう。

なんとしても、エヴァの契約を援護しないと。

【魔物ごはんの友達】をエヴァが持っているけど、いいニオイがするだけで従わせられるというわけじゃない。

ん？　……掛け合わせればできるぞ？

「あのー。お名前を教えてくださーい！」

『半人半獣の妖魔、ケンタウロスである。名などない』

エヴァがどうにか仲良くなろうとしている。

「あるじ、何か作る？」

「うん。ノエラはここに残って、何かあったらエヴァを連れて脱出してほしい」

「わかた」

おれはノエラとエヴァを残し、急いで森を出ていった。


息を切らせ、店に戻る。

「おや。先生、大急ぎでどうしたんです？　出かけられたのでは……」

店番のエジルが怪訝そうに尋ねてくる。

「ケンタウロスがな、支配者気取りで困ってるんだ」

「はぁ」

伝わらないだろうなと思いつつ、説明する時間が惜しいので、おれは創薬室にこもった。

【魔物ごはんの友達】、【誘引剤】と……あと商品化をやめた薬【エモーショナル・ドライブ】

を準備した。

　これらのいい所を抽出して、効果が強くなりすぎないように調整、中和していき、できあがった。

【キビダンゴローション：対魔物専用液。これを使い食べさせた者の好感度が大幅上昇。ツンツンしてるあの子も、大きなお友達も、内気なあの子も、誰とでも仲良くできる】

　これなら、あの髭面ケンタウロスとエヴァが仲良くできるはず。

　走って創薬室を出ていき、厩舎にいるグリ子に乗ってさっきの森まで戻る。

『ご主人様とお散歩、グリ楽しいです～』

と、まあグリ子はのん気だった。

　エジルを連れてくればいいのかもしれないけど、それだと魔王に従ったってだけで、エジルがいなくなれば、元に戻るだろう。

　グリ子を連れて森へ入り、さっきの場所へ向かっていると、話し声が聞こえる。

「だからさぁ。そういう迷惑をかけちゃダメなんだよぅ」

『迷惑をかけたつもりは……』

　なんだなんだ？

「言いわけは聞きたくないよ。キミが来なければ、ここは平和でいい森なんだ。支配するだのしないだのは、よそでやりなよ」

聞き慣れた声に、おれは首をかしげた。

「あるじ」

「ノエラ、どうなってる？」

「ビビ来た」

「ビビが？」

覗いてみると、よく知っているバイト精霊がケンタウロスを前に、毅然とした態度で説教をしている。

頭が上がらないのか、ケンタウロスのオッサンは、ずっと顔を伏せている。

「おい、ビビ、何やってるんだ？」

「あ、レイジくん。マナーのなってないよそ者に色々と教えてあげていたところだよ」

『ビビ様、このニンゲンは』

ビビ様？

「ボクのトモダチで雇い主だよ」

『ビビ様の、ご友人……!?』

オッサンが目を剥いて驚いていた。

「ビビ、おまえってそんなに偉かったの？」

おれが尋ねると、えへんと胸を張った。

「ボクはこれでも湖の精霊だからね。森やその土地に祀られたり信仰される、いわば神様に近い存在なんだよ、レイジくん」

湖の精霊って肩書きは、伊達じゃないらしい。

「今やずいぶん廃れているけどね……」

自嘲の笑みを覗かせた。

騒がしいのを不思議に思ってここに来たビビは、ノエラから状況を聞いたそうだ。

知能が高い魔物や魔獣になると、ビビとは意思疎通ができるらしく【トランスレイターDX】なしで会話ができるという。

「ビビ、おまえ……暇なんだな」

「そ、そうだけど！　まずは感謝してほしいかな！」

冗談、冗談、とおれは笑う。

「ありがとう。助かるよ」

そうだ。本題。本題。

ぽかーん、と湖の精霊とケンタウロスのやりとりを聞いていたエヴァに、おれは【キビダンゴローション】を渡した。

「エヴァさん、これを使えば、あのケンタウロスと仲良くできるはずです」

「ほ、本当ですか？」

ごそごそ、とバッグを漁って、カビかけのパンを取り出した。

……【誘引剤】の効果もあるから、大丈夫だろう。

パンに瓶に入った液体をかけて、ケンタロスへ持っていく。

『小娘。何やら美味なる香りを放つ食べ物を持っておるな？』

「食べたい？　それなら少しわけてあげる」

パンをちぎってケンタロスへ渡すと、ぱくりとそれを食べた。

『むお!?　このような食べ物は、はじめて食べた……！』

ケンタウロスが、仲間になりたそうにエヴァに熱い視線を送っている。

す、とエヴァが手の平を差し出す。

「お手」

い、いきなり上から目線だ――――!?

『……』

嫌そうな顔を一度したケンタウロスは、仕方なさそうにエヴァの手に自分の手を重ねた。

「私と契約すれば、たくさん食べられるよ。だから、私と契約して使い魔になってよ！」

『面白い小娘だ。我も退屈をしていたところ。……いいだろう。その話、乗った』

重なった手は握手へと変わった。

「ありがとう、薬屋さん！　これで強カワな魔物を使役することができそう！」

【トランスレイターＤＸ】もあるし、ケンタウロスのほうが意外と常識ありそうだし、このコンビは案外上手くいくのかもしれない。

そのまま契約魔法を発動させたエヴァは、魔法を成功させ、強カワなケンタウロスを使い魔とした。強いはいいけど、可愛いは納得いかねえ。

一件落着となり、おれたちは森を出たところで解散した。

エヴァは再度お礼の言葉を言って、ケンタウロスの背中に乗って去っていった。

「テイマーって、すげーな」

「あるじ。あるじ、ノエラの、あるじ。テイマー」

『グリもです。ご主人様は、グリのご主人様です』

人狼とグリフォンの主人だとすれば、おれもテイマーなのかもしれない。


店に帰ると、【キビダンゴローション】を手にしたエジルが不敵な笑みを浮かべていた。

「先生……とんでもないものを開発されましたね」

「まさかおまえ、それで――」

魔王軍の統率力を上げる気か――!?

ばさっとマントをなびかせたエジル。

「これを使ってノエラさんを余のモノにッッッ！」

……おまえはそういうやつだったな、エジル。安定安心の思考回路だ。

「抗えまい、ノエラさん！」

ポーションをとくとくとく、とコップに入れて、【キビダンゴローション】を混ぜた。

「るっ!?」

抗う様子は何も見せず、ノエラはしゅばっとコップを奪い一気に飲んだ。

「ノエラさん、どうですか。余と仲良く……」

「エジルは無理。無理なもの、無理」

「な……に……!?」

玉砕していた。

そうか。好感度を大幅上昇ってことは、好感度がマイナス一億だとすると、焼け石に水状態なのか。なるほどな。

「何故だ!? 謀ったな、先生!」

「全部おまえの行いの積み重ねだろ。勝手に新薬を使うなよ。今開けたポーション代、給料から引いておくからな?」

「……はい。……すみません」

あれを使っても無理ってことは、ノエラはエジルには、永遠にツンなんだろうな。

8　そういう用途じゃねえ

冒険者のエヴァを手助けしたおかげか、その口コミで冒険者のお客さんが遠方から来ることが多くなった。

定番のポーションや腹痛薬、魔物や動物と会話ができる【トランスレイターＤＸ】などがたくさん売れ、店はより繁盛していた。

町に滞在する冒険者も多く、宿屋やレナのうさぎ亭も繁盛しているようだ。

こんちはー、と最近よく現れるようになったトールズがやってきた。

ガタイがよくて、頬に傷がある二〇代半ば冒険者で、口調は荒っぽいけど、悪い人じゃない。

「いらっしゃい、トールズ。今日はなんの用？」

「レイジ。アレじゃちょっと違うんだわ」

「え、違った？　それは申し訳ない」

「いやいや、十分役立つんだけどもさ、使い勝手が悪いんだ」

そうか……。

前回トールズがやってきた二週間ほど前。

そのとき要望があったのが、『洞窟の中を照らしてくれる薬』で、おれは【特殊塗料ＥＸ】をすすめたのだ。

「あの薬、役には立つんだぜ。つけてれば、暗がりでも光ってるように見えて、仲間がどこいるのかすぐにわかるしよ。全然落ちないっていうのもいい。濡れたり擦れたりして落ちるんじゃ、塗り直すのも手間だからな」

おおう、めっちゃ褒めてくれるぞ。

「じゃあ、何が問題だったの？」

「あれで見えるのは味方だけで、洞窟内が見えるわけじゃない。足下が悪かったり、罠があったりすると、事前に察知するのは難しいんだ」

なるほど。そういうことなら、【特殊塗料ＥＸ】は用途が少し違うかもしれない。

「俺の仲間に、細かい魔法が得意な野郎がいりゃ、周囲を照らすくらい朝飯前だろうけどよ。攻撃防御の戦闘用の魔法しか使えねえんだ」

だから、わざわざ他人を連れていくよりも、お金で便利アイテムを買ったほうがいいのだという。

「信用できるやつなら構わないけどよ。足引っ張ったり、途中で逃げたり、強欲だったり、変なやつのが多いのが現実だ」

わざわざ他人と冒険するっていうのは、死活問題になるようだ。

ハズレを引くくらいなら、アイテムで済ませようと思うのもうなずける。

「トールズさん、いらっしゃいませ〜」

奥からやってきたミナが、お茶を出してくれた。

いた。


「やあ、ミナちゃん。相変わらず忙しそうで」

「いえいえ～。ゆっくりしていってくださいね」

ニコリとミナが微笑むと、ふやけたような顔をしたトールズは去っていくミナに手を振って
……ふむふむ。だから最近トールズは足しげく通ってくれているのか。

「ニヤニヤしてんじゃねえよ」

目をそらしながら、トールズは頬をかいた。

「ミナは、料理も上手だし店のことも完璧でいい子だけど、他の町にはいないの？」

「癒し力が違ぇんだよ。ママ感がすごいんだ」

ママ感……。

「荒んだ冒険者の心を癒してくれるオアシスなんだよ、ミナちゃんは」

たしかに、ミナとノエラを見ていると、姉妹ではなく、母娘って言ったほうがしっくりくるときがある。

「俺ぁな……ミナちゃんをどうこうしたいわけじゃねえんだ。ただ、見守らせてほしいだけなんだ」

そういうときって遠くから見守る、じゃないのか。

「目を見て、言葉を交わせるだけで、嬉しいんだ……」

イカついナリをして、一途な中学生男子みたいなことを言い出した。

トールズに限らず、やってくる男性客はノエラのモフモフかミナ目当てみたいなところがあるので、こういった話はよく聞く。

おれとどういう関係なのか、っていうのを真っ先に確認する人はガチだ。

「そういや、赤猫団が団員を募集しているんだ。トールズなら、受かるんじゃないの？」

「そうなのか。ちょっと考えとくよ」

にかっとトールズは笑う。

アナベルさんがこの前来て愚痴ってたのだ。ロクなやつが来ねえ、って。

だから、冒険者が最近よく訪ねてくるウチに、目ぼしい人がいたら声をかけてくれって言われていたのだ。

トールズの表情を窺うと、割と真剣に入団については考えているようだった。

「冒険とは真逆で、平和な田舎町だから刺激はないかもしれないけど」

だろうな、とトールズは目を細めた。

「そんで。改良版みたいなヤツは作れるのか？　【特殊塗料ＥＸ】のさ」

「松明じゃダメなの？」

「それでもいいんだが、おそらく松明が原因で爆発したことがあったって噂で聞いてな」

松明が何かに引火した……とすれば、使えないよなぁ。

「【特殊塗料ＥＸ】は、照らすっていう用途じゃないから、改良版っていうより新薬開発になるかもしれない」

「おっと。俺たちのためにそこまでやってくれるのは申し訳ねえ。アレで我慢するっきゃねえな」

イイ人なんだよなぁ。トールズ。

ウチに来る大抵の客は、無茶ぶり、丸投げ、なんでもあり。

どうにかして薬を作ってくれって人ばかり。

おれの手間や迷惑を考えてくれる人はなかなかいない。

まあ、さほど迷惑でもないんだけど。

「トールズ、新薬、できるから安心して。冒険中に何かあったら、おれも嫌だし」

「レイジ……ありがとうな」

照れくさくなって、おれはシシシと笑う。

「ちょっと作ってくるから、待ってて」

ノエラを呼んで、店番を代わった。

「よ。ゴッツイの」

「よぉ。モフモフ」

ノエラはノエラで、トールズとは気が合うらしい。

店番兼接客をノエラに任せ、おれは創薬室に入った。

【特殊塗料ＥＸ】は、付けた物体を暗がりでも見やすくする効果はあるけど、発光させるわけじゃない。

洞窟内のどこらじゅうに塗るわけにもいかないし、そうなれば手間だ。

発光、か……。

ずっと光り続けるのも、使い勝手が悪くなる。火を使わない松明ってイメージで調整しよう。

「うん。こんなもんかな」

【ワンタイム・ライト：物体に塗ると、数時間発光し周囲を照らす】

赤、青、黄、緑の四色を作ってみた。

創薬用のすりこぎ棒に赤の【ワンタイム・ライト】を塗ってみた。

すると、ぼんやりと赤く光りはじめた。

よし。成功だ。

「こんな感じでどう？」

すりこぎ棒と新薬を持って店内に戻ると、

「る。るぅ……！」

「こんの……！　やるな、モフモフ」

暇だったのか、ノエラと指相撲で白熱していた。

何してんだ。

「トールズ」

「おう、レイジ。もうできたのか」

おれに気を取られた隙に、ノエラがキラリと目を光らせ一気に抑え込んだ。

「む!?」

「ノエラ、勝った」

「また今度やろうぜ」

「わかた。返り討ち」

「こっちのセリフだ」

ノエラのいい遊び相手になってくれたようだ。

「で、それがブツか」

「うん。こんな感じでどうだろう」

すりこぎ棒を見て、トールズは首をかしげる。

「あんま光ってないな……」

そうか。ここじゃわかりにくいんだ。

一旦扉や窓を閉め、カーテンも閉める。

ふわっと赤い光がすりこぎ棒を中心に広がった。

「赤！　光った！」

ノエラが目を丸くした。

「おぉぉぉぉ！　これこれ！　こういうの、こういうの！」

トールズの要望にもばっちりだったらしい。

どたばた、とノエラがどこかに行くと、手頃な棒を持ってきてくれた。

「ノエラの、武器」

遊びのときに使う武器ね。

「あるじ。塗る。光る。強い！」

まあ、強そうには見えるかもだけど、振るたびにヴィン、ヴィンなんて音は出ないぞ。

ノエラが急かすので、三本あったそれらに赤以外の色を塗っていった。

四色の光がぼんやりと店内を照らす。

「るー！」

感激するノエラの声に、ミナが奥から顔を出した。

「あ、なんですかそれー？　とってもキレイですー！」

効果を説明すると、ミナが目を輝かせた。

「夜をこんな色で照らすなんて、レイジさんロマンチックですね♪」

いや、そういう用途じゃないんだけど。

何かにピンときたらしいトールズ。

「レイジ、売ってくれ」

「いいよ。元々そのつもりだったし」

四色分の【ワンタイム・ライト】を売ると、何か確信めいた表情をしたトールズは、店をあとにした。

ともかく、役に立ちそうでよかった。


数日後。

トールズが閉店間際に仲間の四人と一緒にやってきた。

「ミナちゃんを出してくれ」

「うん、いいけど」

……緊張した面持ち。そう、まるではじめての発表会に挑む子供のような……。

不思議に思ったおれは、ミナを呼んだ。

トールズたちの案内に従い、外に出ると、五人が横に並んだ。

「ミナちゃん、見てくれ」

きょとんとするおれとミナ。

トールズたちは、背中に隠していた二〇センチほどの棒……どれもおれが先日作った【ワンタイム・ライト】の四色を両手の指に一本ずつ挟んだ。

あれ。これどっかで見たことある。

シュバ、シュババババババ！　とキレのある動きで五人が踊りはじめた。

暗くなったおかげで、【ワンタイム・ライト】の四色の光がとても綺麗に見える。

これ、完全にオタ芸とかいうやつでは。

現代のそれを知っているとは思えないけど、明らかにそれと同じでは！

バババ、シュバッ――動くたびに【ワンタイム・ライト】……いやサイリウムの蛍光色が躍動した。

やがて、トールズたちは息を切らせながら、オタ芸をやめた。

「俺たちのダンス、どうだった？」

「みなさんすごいです～！　とてもきれいですね～」

ミナは拍手をしながら喜んでいた。

照れくさそうなトールズたちは、やりきった青春顔で仲間同士でハイタッチしていた。

そういう使い方するために作ったんじゃねえ！

用法容量を守って正しく使ってくれよ！

9　魚が苦手

この世界で魚料理っていえば、煮込んだり焼いたりが主流で、ナマで食べるっていう文化がない。

こっちに来てからずーっとそんな様子なので、いい加減食べたくなってくる。

干物を焼いたものじゃなくて、刺身……。寿司なんて贅沢は言わないから。

昼ごはんを食べたあと、以前ポーラの協力を得て作った冷蔵庫を覗いたミナが尋ねてきた。

「レイジさん、今日はお夕飯何が食べたいですか？」

「刺身」

「サシミ？　なんですか、それ」

だよなぁ。

「刺身っていうのは、獲れたての魚をひと口大に切った切り身のことだ」

「それを焼くんですか？」

「いや、そのまま食べるんだ」

「お腹壊しますよ？」

「新鮮だと壊さないんだよ」

むむう？　とミナは難しい顔をしている。

食べたことない人にはやっぱりイメージしにくいんだろう。

うさぎ亭で見かける料理も、焼く、煮るの調理を施してあるものばかりだ。

「では、干物を焼くことにしましょうか」

そうじゃないんだよなぁ……。違うんだよ……。

とは思いつつ、実際料理するのはミナなので、おれは口には出さないでおいた。

我がままを言って困らせたくはない。

そんなふうに、つつがなく営業を終え、夕方になると魚を焼くいいニオイが漂ってきた。

「る……？　今日、魚？」

店内でおれが片づけをするのを見守るノエラが、首をかしげた。

「らしいな」

「ノエラ、魚、嫌。肉がいい」

「そう言うなよ」

そういえば、ノエラは魚はあまり食べるイメージがない。

人狼だからか、魚より肉のほうが好きなんだろうけど――。

「どうして嫌なんだ？」

「骨……キライ」

あー。おれもちっちゃいとき、そうだったような？

骨の場所を知っていれば取り除くのは簡単なんだけど、肉と同じノリで食べたら、喉に刺さること間違いなし。

取るのも面倒くさいしな。

「肉、美味の味。魚、違う」

そんなことないんだけどな。

……もしかすると、人狼だから肉に関しては生のほうが好みなのかもしれない。前、川沿いでバーベキューしたときも、網にのせたあと、すぐ食べてたし。

ふふふ。いいことを思いついた。

ノエラも共犯にしてしまおう。

「ノエラ、魚の刺身って食べたことあるか？」

「サシミ？　美味の味？」

「ああ、もう、そりゃ美味の味だ。季節によっちゃ脂がのってて、口に入れるとその脂が溶けて一瞬にしてなくなるんだ。脂の甘みもあって、これもう肉なんじゃないかっていうくらいおいしくて――」

現代で味わった極上の刺身の説明をしていると、ごくり、とノエラが唾を呑み込んだ。

「あるじ……刺身、くさい？」

「新鮮なものはくさくないよ」

「骨、ある？」

「刺身にするとないよ」

興味津々といった様子のノエラだった。

川魚は骨も多いし、刺身にすると身が小さくなるからできない。

ビビの湖の魚は、ナマで食べるには臭みがあるから、海の魚が適しているだろう。

「モフ子よ、食べてみたくないか？」

「みたい！」

よし。ノエラを味方にした。


翌日。

おれはグリ子に乗って港町まで行くことをミナに提案した。

「ノエラが珍しく魚に興味を持ってるんだ。これがきっかけになって、『ノエラ魚キライ』なんて言わなくなるかも」

生魚の味を覚えさせれば、ノエラは元の世界に戻れなくなるだろう。

提案すると、ノエラをちらりとミナが見る。

昨日は、身をちょびっとだけ食べて、あとはノータッチ。

骨がない場所でも、骨があるから、と警戒して手をつけない。

「それなら、いい機会かもしれませんね！　わたしも、興味はありますし」

「決まりだ。次の定休日、前旅行に行った港町、サン・ログロに行こう」

おれの『刺身が食べたい』ってだけの欲望に、みんなを巻き込むことに成功した。


そして次の定休日。

朝から三人でグリ子に乗り、港町サン・ログロを目指した。

残念だけど、グリ子は町に入れることができないどころか、討伐騒ぎになってしまうので、少し離れたところで待機してもらうことにした。

「きゅおぅ……きゅぅ……」

離れていくおれたちに、悲しげな鳴き声を上げていた。

「グリ子！　ノエラ、刺身、持って戻る。我慢！」

「きゅぅぅぅ……」

とぼとぼ、と人けのない森へグリ子は身を隠した。

お土産はいくつか買って戻るから、我慢してくれ、グリ子。

街道を歩いて一時間ほどで、サン・ログロの町へ到着。

磯の香りがし、海鳥の鳴き声がときどき聞こえてくる。

絵に描いたような栄えている港町で、様々な人が行き交っていた。

前回は、ロクに観光をしなかったので、ゆっくりと港を見て、湾内にある船に、おれもノエラも興奮気味だった。

「漁船だ」

「ギョセン……!? 強そう」

「戦わないぞ?」

るー? とノエラは首をかしげていた。

つばの広い淑女然とした帽子をかぶるミナは、風で飛ばされないように帽子を押さえながら、ふふふと微笑んでいる。

漁師と思しきおじさんが船内の掃除をしているのを見つけた。

「あの。ちょっとお話いいですか」

「んあー? なんだい、兄ちゃん」

海が遠い町では、ナマで食べる文化はないのは当然だ。

でも漁師さんなら……。

「どの魚なら刺身にするとおいしいですか?」

「はー? 刺身? なんだい、そりゃ」

「切り身のことです。ナマで食べるための――」

ぴく、と漁師のおじさんは手を止めた。

「兄ちゃん、アレのことを言ってんのかい?」

警戒するような眼差しに、おれはうなずいた。

「ええ、アレです」

不敵に笑うと、おじさんもニヤリと笑い返してきた。

やっぱり、漁師さんは鮮度抜群のものが常に手元にあるから、知ってるんだ。

刺身の美味さを。

「このことは、他の誰かには？」

「言ってないですよ。ああ、ここにいる二人には説明していますけど」

まあよし、と漁師さんは小さくうなずく。

「あんまり、他言すんじゃねえぞ。大勢が知れば、アレを巡って戦が起きるからなぁ……」

扱い厳重過ぎだろ。古代兵器か何かかよ。

「食べられるお店か何かを探しているんです」

「……これは独り言だが……大通りから西へ少し行ったところに、古い飲み屋がある。細ぇい路地にある、地元の漁師しか行かねえような古臭い店だ。……そこで、漁師のヤザンから聞いたって言えば、例のヤツを出してくれるだろうよ」

このおじさんはヤザンさんというそうだ。

やべえブツの受け取り方みたいになってるんですけど。

本当に、出てくるのはおれの知っている刺身なんだよな……？

「ありがとうございます」

おれはお礼を言って、港を離れた。

「レイジさん、サシミというのは、戦を引き起こすような代物なんですね……！」

ミナもノエラも、緊張の面持ちだった。

おれの知っている刺身はそんなことは起きねえよ。

せいぜい小競り合いくらいだ。

「ノエラ、それでも、サシミ、食べてみたい」

おれもだ、モフ子。

人通りの多い通りから、教わった通り、細い路地を選んで西へ進んでみることにした。


「ここかな」

漁師のヤザンさんに教わった通り進むと、細い路地にあるお店を見つけた。

聞いていた通りかなり古く、看板に書いてある店名も、霞んでしまって読めない。

まだ昼前だけど、朝が早かったせいでもう腹ペコだ。

ぎゅーん、とレーザー銃のような腹の音をノエラが鳴らしていた。

「お腹空きましたね、ノエラさん」

「あるじ、早く。ノエラ、サシミ、食べたい」

扉が閉まっているので、一見さんは入りにくさがある。そばにあった窓から中を覗いても、
お客さんがいる気配はない。

漁師さんが食べるご飯を出す店なら、もう閉まっているのかもしれない。

コンコン、とまずノックする。

反応がないので扉に手をかけて中にそっと入ってみると、ロマンスグレーの紳士がカウンターの内側に立っていた。

同じ色の口髭は整えられていて、絵に描いたような紳士なおじさんだった。

ジャズのＢＧＭやコーヒーのニオイがあれば、完璧に純喫茶だ。

「おや。見ない方だ。申し訳ないが、今日の営業はもう……」

「あ、そうでしたか。すみません、勝手に入ってしまって。漁師のヤザンさんからここを教えてもらって」

「……ヤザンの兄さんから？」

お？　食いついたぞ。

ええ、とおれはうなずく。

「ヤザンさんから聞いた例のアレを食べたくて、ここまで」

「そうでしたか。そうとは知らず、失礼いたしました」

いえいえ、とおれは恐縮して手を振った。

ヤザンさん、何者なんだ。

「まあ、座ってください。兄さんの紹介とあれば、無下に追い返すなんてできませんから」

おれたちは顔を見合わせて、お言葉に甘えることにした。

カウンター席に並んで座ると、ミナが丁寧に謝った。

「ご無理を言ってしまって、すみません」

「サシミ、ノエラ、ほしい」

食欲の怪物となったノエラは、鼻を膨らませて店内のにおいまで食べようとしていた。

「カツギョ……と、私らの間では呼んでいます」

活魚ってことかな。

「じゃあその活魚のおすすめを三種類ほどお願いします」

「はい」

一人で切り盛りしているのか、紳士の手際はとてもよく、見たことのない赤い魚や緑色の魚などを三枚におろしていく。

一皿目がカウンターにおかれる。半透明な白身魚だ。

「あるじ、これ、魚？」

「魚だよ」

「こんなふうになるんですねぇ」

ノエラとミナは物珍しさにじいっと皿の刺身を見つめていた。

すんすん、とノエラがにおいをかいで、皿の脇に盛ってある塩をつけてひと口食べる。

「る？　るー！　こりこり。うまみ。骨ない」

「モフモフのお嬢さん、おいしいでしょう」

「る。やるな」

なんで上から目線なんだよ。

「これでも、ずいぶん長くやっていますから」

紳士もめちゃめちゃ謙虚だ。

ミナもひと口食べると、ノエラと同じように感激していた。

「これが、生のお魚……？　こんなにおいしいんですね！」

「ええ。鮮度抜群なんで、こうして食べられるんです」

ノエラがぱくぱくと食べるので、おれもなくならないうちに一切れを食べた。

うん。美味い。久しぶりに食べたけど、刺身はいいなぁ。

「お兄さん、呑めるんなら、一杯いかがです」

「あ、じゃあ。ちょっとだけ」

紳士にすすめてもらった白の葡萄酒をちびりとやりながら、またひと口食べる。

魚のうま味が舌に残っている間に、葡萄酒を口に入れると、ほどよく絡んで相乗効果でお互いを引き立てている。

「ノエラも、呑む」

「ノエラさんはダメです」

「るう」

こうやって食べに来てもいいけど、鮮魚をカルタの町まで運べないものだろうか。

そうすれば、ウサギ亭も他の飲食店も、魚がおいしいという評判が立つ。

おれも好きなときに刺身が食べられるようになる。

「マスター、ご相談なのですが、ここから北に行ったところにあるカルタという町があるんです」

「カルタの町。懐かしいですねぇ。私、出身がそこなんで」

そうなんですかぁ〜、とほのぼのとした声でミナが言う。

そういや、忘れがちだけど、ミナも地元民だったな。

「カルタの町が、どうかしましたか」

「そこでも、このカツギョを食べられないかと思って」

「はっはっは。お兄さん、そいつは無理ですよ。鮮度が落ちれば、この食べ方はできないですから」

「では、落ちないとしたら？」

「そんなこと……」

「できないって、思われますか？」

おれはキラリと目を光らせる。

がさごそ、と鞄の中を漁って、薬品をふたつ取り出す。

「こっちが防腐剤。食べ物の腐敗を防ぐものです。それでこっちが冷却剤。塗った場所をキンキンに冷やします」

防腐剤は、冷蔵庫内に設置するための置き方タイプだけど、もし鮮魚を運ぶとなれば箱の中にこれを入れておけばいい。冷却剤もその内側に塗っておけば、即席の冷蔵庫ができあがる。

「どうですか？」

「それが本当なら……サン・ログロからカルタの町まで獲れたての魚の鮮度を落とすことなく届けられますね。本当なら、ですが」

ううん。疑われるのも仕方ないか。おれが何者なのか、紳士は知らないわけだし。

「では、試してみてください。一日……いや二日、この防腐剤を箱の中に入れて、冷却剤を塗ります」

魚が入っていた木箱におれは防腐剤を配置。でも木箱なので密閉されていない。困ったけど、魚を包んでいた大きな葉っぱがあったので、それに冷却剤を塗って、魚を包んだ。

もちろん、魚はおれが買い取った。

「そんな……たったこれだけで？」

半信半疑といった様子の紳士に、おれは明後日来ることを伝えて、店をあとにした。

「あれで大丈夫なんでしょうか？　お魚、腐らないですか？」

ミナは心配そうだった。

「カルタの町までは、馬車で一日ほど。行商人の荷馬車だとしても、遅く見積もって二日くらいだ。あの二種類の薬があれば、十分なはずだよ」

これが成功すれば、カルタの町だけじゃなく、港町に革命を起こすことになる。

なんせ、遠くに鮮魚を運べるんだから。

「ノエラ、サシミ、もっとほしい」

モフ子もお気に召したらしい。

「ノエラ、あれが本当の魚の姿なんだぞ」

「魚、美味の味」

ま、骨を取るのが面倒なだけなんだろうけど。

この日は、サン・ログロでノエラの要望通り、様々な魚料理を食べた。

けど、刺身を出してくれるのは、あの紳士の店だけで、よっぽど限られた人しかあの味を知らないようだ。

日が暮れたので、グリ子に乗っておれたちは帰宅した。


そして、約束の二日後。

店番を任せたおれは、グリ子に乗ってサン・ログロまで飛んだ。

あの店に真っ直ぐやってくると、紳士が手元を見つめている。

「こ、これは……」

お邪魔します、と中に入ったおれに気づいた。

「マスター、どうですか」

「こ、これを見てください――」

先日おれが買い取った魚を見せてくれた。

「初日に比べれば、そりゃ多少鮮度は落ちます。でも、多少だ。二日も経っているのに！」

ありえない、と言いたげに魚とおれを交互に見ている。

「食べてみたいです」

おれの要望に応えて、サ、ササササ、サ、と華麗な包丁さばきで、紳士は魚を三枚におろした。

刺身にしてもらい、一切れつまむ。

「うん。美味い。モノによるかもしれないですけど、味が熟成されているような気がします」

おれがすすめると紳士も一切れ食べた。

「おいしい……。たしかに味が濃くなっている気がする。鮮度を極力落とさないまま、日が経つとこうなるのか。それに、傷んでもないし、ましてや腐ってもいない……！　これは――」

「これは？」

「か、革命だ……！　魚市場に、革命が起きる……！」

「マスター。あの二種類の薬があれば、サン・ログロの港はもちろん、その鮮魚が運ばれるカルタの町は、一層活気づきますよ」

確認して満足したおれは、店を出ていこうとする。

「お、お兄さん、お名前だけでも――！」

「レイジです。カルタの町で、薬屋をやっています」

また来ます、とおれは言って店を出た。

これで、家でも刺身が食べられる。ノエラもミナも喜ぶだろうなー。

創薬室で在庫を作っていると、

「ちゃーっす」

という、気前のいい声が聞こえてきた。

「るー！　きた、きた！」

ノエラの声がして、どたばた、と店先のほうへ足音が続く。

作業を中断して店に顔を出すと、行商人のヴィンさんが木箱をノエラに手渡しているところだった。

この特有の生臭さ、間違いない。例のブツだ。

刺身になることを想像しているのか、ノエラはすでにホクホク顔だった。

「ミナ、ミナ！　うまみ、届いた！」

どたばた、と今度はキッチンのほうへノエラは消えていった。

「ヴィンさん、お疲れ様です」

「いえいえ。ポーラんとこに納品予定の品もあったんで、ついでッスよ」

爽やか青年のヴィンさんはニカっと笑う。

おれは防腐剤と冷却剤の魚市場革命セットを渡し、届けてもらった魚との差額を支払った。

今度は、これらを魚の発送元であるあの紳士のところへ届けてもらうのだ。

鮮魚ってことで多少値が張るし、ヴィンさんを介しているってところで、手間賃を取られるけど、安定的に新鮮な魚が届けられるようになったのは、まさに革命と言っていいだろう。

「いやあ。サン・ログロの魚が売れるから、あそこを中心に仕事するだけでめっちゃ儲かるんだよ」

ははは、とヴィンさんは声を上げて笑った。

魚は他にも宿屋の一階にある飲み屋や、ウサギ亭など、他三軒に配達予定らしい。

じゃあな、とヴィンさんは荷馬車に乗り、町の中心地のほうへ馬を進めていった。

うさぎ亭のレナも喜んでいたし、あのとおり、ヴィンさんも喜んでいた。

色んな人にそう思ってもらえるのなら、魚市場革命セットを提案した甲斐があった。

「今日のお夕飯はお刺身にしましょうか」

「るー♪」

捌き方を知らなかったミナや他の料理人たちに、それを教えたのはあの紳士だった。帰郷でカルタの町へ戻ってきた際、希望者を募って魚料理教室を開いたのだ。

焼くか煮るしか選択肢のなかった魚は、今や様々な店で色んな調理法で食べられる。

「魚市場革命セットで、色んな人が刺身の美味さを知ったし、おれも定期的に食べられるし、いいことだらけだ」

良きかな良きかな、とおれはうなずいた。

10　ちっちゃくなったらやってみたい

「オイ、しっかりしろよ、ドズ」

「姐さん、すんません……」

「邪魔くせえな、ほんと、おまえの図体は」

「すんません」

そんな会話が店の外から聞こえてくるので、おれは軒先に顔を出した。

そこには、座り込むドズさんと困ったようにため息をつくアナベルさんがいた。

「こんにちは。どうしたんですか」

「ああ、薬屋。それが、コイツが訓練中に気ぃ抜いてて」

しょぼん、とヘコむドズさんに構わずアナベルさんは続ける。

「足をやっちまったんだ。ポーションもちょうど今日切らしちまって、買いに行こうと思った矢先のことだ」

「大丈夫ですか、ドズさん」

「ヘマしちまって……すんません、薬神様」

おれは慌ててポーションをいくつか手に取って、店先へ戻った。

「これ、どうぞ」

「すまねえな、薬屋。ウチのもんが世話をかけちまって」

いえいえ、とおれは首を振る。

「普段なら困らねえんだが、有事の際は、怪我人を運ぶことだってあるだろ。みんなして一斉退却しないといけねえときもある」

「有事の際……」

火事で怪我人を運ぶってことだろうか。盗賊団が攻めてきた、とかそういうことも、考慮してそうだ。想像するだけで十分怖いんですけど。

「ポーションが足りりゃ、なんの問題もねえ。けど、それがない場合は、クソ重てぇ荷物を運ぶことになる」

「クソ重てぇ荷物ですんません」

ドズさんは大柄だし、動けなくなると一人で運ぶのは難しいだろう。

怪我をしたという左足の具合を確かめて、ドズさんは立ち上がった。

「うっ……い、いてぇ……けど、無理な痛さじゃねえ」

「座ってろ、アホが。悪化しちまったら元も子もねえだろ」

「そうですよ。無理しないでください」

おれの肩に捉まらせ、ドズさんをゆっくりと座らせる。

ポーションである程度怪我を治せても、瞬時に元通りというわけにはいかない。これは、ポーションの量を増やしても変わらなかった。

「ポーションの効果は、申し分ねえよ。最高だ。だからこそ、それ頼みになったときが怖い」

団員を守るのも団長の務めだと言わんばかりのアナベルさんだった。

おれはこそっとドズさんに言う。

「男らしいですね、アナベルさん」

「でしょ。姐さんの魅力のひとつです」

傭兵団の赤猫団には、お世話になっているし、部下思いなアナベルさんの気持ちも理解できる。

「ううん……。ポーションとは別の、もっとこう……」

創薬スキルが反応した。

ふむふむ。そういう薬も作れるのか。

「ちょっと、新しい薬を試作してもいいですか？」

「あん？　構わねえが……何するってんだい」

「ドズさんに、ちょっと飲んでもらおうと思って。万が一のとき、怪我人が出て、なおかつ、ポーションもないような状況のときに」

ピカン、とアナベルさんが何か閃いたような顔をする。

「ははーん。毒薬で楽にしてやろうってつもりか」

「違いますよ！」

なんちゅー物騒な。

ケラケラ、とアナベルさんは笑った。

「姐さん、人が悪ぃ」

「冗談だ、冗談。薬屋、何を思いついたか知らねえけど、やってみてくれ」

アナベルさんがそう言ってくれるので、おれは心置きなく新薬を作ることにした。

創薬室に入り、素材を適量集めて、調合していく。

「これがあれば、戦いの最中でも、怪我をして動けない同僚を難なく運べる……大勢の怪我人を移動させるときも便利だ」

瓶の中が柔らかく光り、新薬が完成した。

【小さな巨人：飲んだ人や動物を一定時間手の平サイズにする】

これなら、運ぶことに苦労はなくなる。人や動物が対象だけど。

早速試作品をドズさんとアナベルさんのところへ持っていった。

「これを飲むと、小さくなります」

「そんなワケ……あるんだよなぁ、薬屋の薬だから」

アナベルさんは、不思議そうに瓶の中身を見つめている。それはドズさんも同じだった。

「じゃあ、怪我をして動けなくなったときでも、これがありゃ持ち運びが簡単にできるってことですかい」

「そうです。まあ、これよりもポーションを持っておけ、って感じですけど、それがない場合やポーションを飲んだあと、その場でゆっくり回復させられないとき、これが役に立ちます」

「なるほどね。オイ、ドズ」

くいっとアナベルさんが顎をしゃくると、ドズさんはうなずいた。

「薬神様、それください」

「その神様呼ばわり、そろそろやめてほしいんですけどね」

苦笑しながら新薬を渡すと、ドズさんはぐいっと一気に飲んだ。

「どうですか、味は」

「これといって。美味いわけでも、マズいわけでも……」

ごしごし、とおれが目をこすると、服ごと体が一回り小さくなっている気がする。

ゴツかった体が縮んでおれと同じくらいになって――あ、またさらに小さくなった。

「あれ。姐さんもレイジの兄貴も、なんか大きくなりました？」

「ドズ、そりゃ逆だ。アンタがちっさくなってんだよ」

と言っている間にますます小さくなっていくドズさん。

「お？　おぉぉ？　縮んでる！」

ドズさんが一〇分の一スケールになった。

「ちっちゃー」

「マジでちっさいな」

「でっか！　姐さんもレイジの兄貴も、でっか！」

ちっちゃいおっさんが驚いている。

「へえ。確かにこりゃ便利かもしんねえな。怪我した野郎を運ぶのは骨だからなぁ。ポーションも即全回復ってわけでもねえし」

創薬スキルによると、あれ以上効き目を強くすると副作用が出てしまうらしい。

副作用が出ない範囲で、最大効果を認められるのが今のポーションみたいだ。

ちょん、とアナベルさんがデコピンをする。

「うぎゃぁぁぁ!?」

中指が直撃したミニドズさんは、三〇センチほど飛んでいった。

「アナベルさん」

窘めるように言うと、ふふふ、くふふふふ、とアナベルさんがお腹を抱えて目に涙を浮かべていた。よっぽどおかしいらしい。

「そんなことをしていると、マジで死んじゃいますから」

大丈夫かな、と思ってドズさんを捜すけど、姿が見えない。

あれ？　どこ行った。

さっきまでそこにいたのに。

きょろきょろしていると、ミニドズさんが、アナベルさんの足下にいた。

いつの間に。

まだ笑っているアナベルさんを、ドズさんは真下からずーっと真顔で見上げている。

「……ドズさん、そろそろ……」

「レイジの兄貴。速報です」

「いや、マジで殺されるよ」

「姐さんのパンツ――」

……それが、ドズさんの最後の言葉だった。

ぷちん、とドズさんをブーツが潰した。

「ど、ドズさぁぁぁぁぁん!? 言わんこっちゃない！」

「ちっさくなったからって、何してんだ、オメエは！」

半ギレのアナベルさんがブーツをどかすと、ぴくぴく、とドズさんが痙攣していた。

あちゃー。

「き、聞いてください、レイジの兄貴……」

あ、まだ生きてた。

「姐さんは口悪いし男勝りですけど……パンツは清純派でした……」

がくっ……。

「ドズさぁぁぁぁぁぁん！」

なんでそんな安らかな顔を……。

生涯に一片の悔いなしって感じの顔だ。

羞恥にアナベルさんが顔を赤くしていると、気絶？　しているドズさんを掴んだ。

「持って帰ってくださいね、それ」

「――ふんッ！」

思いきり遠投して、ミニドズさんは彼方へと飛んでいった。

……本格的に死んだかも。

「せ、清純派だのなんだのは、忘れてくれ……」

目を逸らしながら、アナベルさんは耳まで赤くして言う。

「はい。僕は何も聞いてませんし、見てません」

「ん。ならよし」

便利なことはたしかなので、在庫ができたらまた買いにくるとアナベルさんは言って去っていった。

……ドズさん、生きて帰れるかな。

数日後。こそこそと変装をしたドズさんが店へやってきた。元のサイズに戻っていた。

「レイジの兄貴、あれをひとつくだせぇ」

「ダメですよ。また変な悪さをする気でしょう」

「あれがあれば、風呂だって着替えだって、余裕で――」

「自重しろ、ヘンタイ」

だからあんな仕打ちを受けるんでしょうが。

全然懲りてないドズさんだった。

「アレを飲むと見えない景色が見えるんですよ」

そうなんだろうけど、言い方。

こういう悪用マンがいるので【小さな巨人】はアナベルさん限定で、いくつか販売するにとどまった。

11　魔物だって怪我をする

ドン、ドカン、バタン！

店の外から大きな物音が聞こえてくる。

……さては、ノエラとグリ子だな？

「レイジくん、何、この音？」

怯えた顔でビビが尋ねてきた。

「最近、ノエラがグリ子がちょっと激しめに遊んでるらしくて」

「きゅーちゃんとノエラちゃんが？」

それで納得したビビは、それ以上訊かなかった。

遊ぶっていっても、白狼ＶＳグリフォンの魔物対決にしか見えないんだけどな。

お客さんを怖がらせてしまうかもしれないので、そろそろ注意しよう。

「きゅー!?　きゅぉー!?」

なんだ、なんだ？

「ビビ、ちょっと店頼む」

おれはそう言い残し、店を出てノエラがいつもグリ子とじゃれている原っぱまでやってきた。

そこでは、くたびれたのか座り込むグリ子と人型に戻ったノエラがいた。

「おーい、何してんだ？」

「あ、あるじ。ノエラ、違う。ノエラ、違う」

違う？　なんの話だ。

「きゅぅ……」

元気のない鳴き声を上げるグリ子を見ると、グリ子の体にひっかき傷があった。結構痛そうだ。

「おい、ノエラ」

状況がよくわからないけど、じゃれてたら引っかいてしまったんだろう。

子供同士遊んでたら、手が目に当たってどっちもテンションだだ下がりっていう空気感だ。

「るう……グリ子、大丈夫？」

「きゅお……」

なでなで、とグリ子の頭を撫でるノエラだったけど、はっと何か思いついた。

「あるじ、ポーション。あるじの美味の味、グリ子に」

「変な遊びしてるからこうなるんだろ？」

ビシ、とノエラの頭にチョップをする。

「るう……」

反省しているっぽいので、これ以上は言わないでおくか。

待ってろ、とひと言言って、おれは棚からポーションを取り、ノエラたちがいる平原に戻った。

「ほら。グリ子。これ飲めばよくなるぞ」

瓶をクチバシのあたりに持っていくと、ノエラがうんうん、と力強くうなずいている。

小さく開けたクチバシに、ポーションを注ぐ。

「グリ子、美味の味？　美味の味？」

美味いかどうか確認しまくっているノエラ。

「きゅお」

返事は元気がある。けど、傷口はなかなか治癒していかない。

……効きが悪い？

はじめて狼ノエラにポーションを飲ませたとき、あっさり治ったんだけどな。

「なあ、ノエラ。出会ったとき、ポーションを飲ませただろ？　すぐによくなった？」

「なった。痛さは少し残った。でも、よくなった」

この前、足を怪我したドズさんも、痛みは残ったもののポーションを飲んでどうにか立ち上がれるようになった。ノエラも、それは同じ。

「ポーションの用途は、あくまでも人に対してのものだ。魔物を想定して作ってはいない……」

大人と子供で同じ薬を飲むとしても量が違うのと同じで、体の大きければ、その分効果は薄くなってしまうのかもしれない。

「魔物用ポーション、要るかも」

「ま、魔物用、ポーション」

「新しいポーションってことだ」

「あ、新しい、美味の味……!?」

ノエラがワクワクしていた。

魔物だから効きが悪いのか、それとも体の大きさに対して薬の量が少ないからなのか。

「グリ子、あと二本くらい飲んでくれるか？」

「きゅ」

ぱか、とクチバシを開けたので、おれはノエラが勝手に飲もうとしていた一本を奪い、もう一本と合わせてグリ子の口の中に注いだ。

「きゅー♪」

「グリ子、何本も、ズルい」

「ズルとかじゃなくてだな」

グリ子自体はとっくの昔に元気を取り戻している。でも、肝心の傷はまだまだ痛そうだ。

……つんつん。

「きゅぉぉー!?」

触るとまだ痛そうだった。まあ、そうだよな。

「今のポーションじゃ、魔物……少なくともグリ子サイズの子には効かないんだ」

「ノエラ、魔物違う。ポーション効く。納得」

ノエラは人狼で、半分くらい人だからだろう。

「新しいポーション、作るか」

「ノエラ、あるじ、手伝う。ポーション、味監査役」

味見したいんだな。

「グリ子、ノエラ、謝罪」

ぺこ、と頭を下げた。

「きゅきゅきゅ」

グリ子は全然気にしてなさそうで、むしろきょとんとしていた。

怪我させたことを、ノエラなりに責任を感じているのかもしれない。

グリ子を厩舎に戻し、おれとノエラは創薬室で新しいポーションを作ることにした。

監査役のノエラは、小難しい顔でおれの作業を見つめていた。

「美味の味、超える、美味の味」

「味はそのままだぞ」

「る!?」

入れるものが変わってくるから、味は多少変わるだろうけど成分や効果は同じだから大差はないはずだ。

ノエラに手伝ってもらいながら作業をしていき、新ポーションが完成した。

【モンスターポーション：魔物用のポーション。傷の治りを早くする】

「新・美味の味！」

「味はそこまで変わらないぞ」

できたものを、早速グリ子に飲んでもらおう。

「ノエラに授ける。グリ子に飲ませてあげてくれ」

「わかた！」

興味津々といった様子で、ノエラが瓶のにおいをスンスンと嗅いでいる。

てくてく、と店を出ていく。

後ろ姿がちょっと怪しい。

「……途中で飲むなよ？」

「るっ!?」

なぜバレた、と言いたげに、ノエラはおれをこっそり振り返った。

はぁ、とおれはため息をついて、見張りを派遣することにした。

「ビビ、ノエラがあの薬を勝手に飲まないか見ててくれ」

「りょーかい！　――ノエラちゃん、勝手に飲んだら太るよ！」

そんな効果はねえよ。

「ノエラ、太らない体質」

脅しが全然効いてねえ。

太らない体質って言ってるけど、ノエラこの前、黄色い熊みたいになってただろう。

その記憶は消し去ったのか？

ビビとノエラは、何かを話しながら、厩舎のほうへ姿を消した。

報告はノエラとビビから受ければいい。創薬スキルの通りなら問題ないはずだ。

農家には農家に役立つ薬があって、仕事や生活スタイルに応じて、薬の用途も多種多様。

魔物用ポーションが必要になるっていう人間はごく一部。

だけど、おれには、そんな人に心当たりがある。

「こんにちはー。薬屋さん」

と思っていると、くだんの人物、魔物使いのエヴァがやってきた。

魔物使い用の薬を作ってからというもの、たびたびここを訪れるようになっていた。

顔なじみになったことで、気安い仲にもなった。

「いらっしゃい。今日はどうしたの？」

「……あのクソおやじが、私の戦い方に文句言うんですぅぅぅ」

クソおやじっていうのは、使役しているケンタウロスのことだろう。

【トランスレイターＤＸ】で意思疎通ができるようになったのはいいけど、弊害もあったらしく……。

「それは私も、マズいところはあったな、って反省しているんで許せるんですけど。もっと女の子らしくしろ、とか、パンツ見せろとか、最悪なんですぅぅぅ」

セクハラ、モラハラ、甚だしい魔物だとわかったらしい。

意思疎通ができるっていうのも、考えものだ。

しゃべり口調からして、あのケンタウロス、知能が高そうだったしなぁ。

「もう、何も尊くないし無理オブ無理なので、契約を解除してバイバイしました」

ぷう、とエヴァが膨れた。

……とまあ、こんなふうにいつもケンタウロスの愚痴を聞かされていた。

けど、いなくなったのなら、いよいよその愚痴も今日が最後のようだ。

「『治癒魔法がないのなら覚えろ』とか、『その程度で主人面か？　ブワハハハハ！　片腹痛いわ！』とか、めっちゃバカにしてくるんですもん。ストレスの権化です。あんなやつ」

上司の愚痴を言うＯＬみたいだった。

ちょうどいい。予備で作った一本をエヴァに見せる。

「エヴァ、これがなんだかわかる？」

「ポーション？」

「ただのポーションじゃないんだ。これは、魔物用ポーション」

わぁー、一瞬で治った！　るーるー！　きゅおっ、きゅおう！

てな声が外から聞こえてくるので、効果抜群だったのがすぐにわかった。

「魔物用ポーション……それじゃあ、治癒魔法を覚えなくてもいい……？」

「そういうこと。まあ、もうバイバイしちゃったらしいけど、今度使い魔に何かあったときに、飲ませてあげるといいよ」

「薬屋さん、ホント神」

ぎゅっと手を握られた。

「魔物使い業界の革命家……」

この業界でも革命扱いなのか。

愚痴を吐き出して、魔物用ポーションやら何やらを買ってくれたエヴァは、また新しい相棒を見つけると意気込んで店を出ていった。

魔物にもうああだこうだ言われたくなかったのか、トランスレイターＤＸだけは買わなかった。

「コミュニケーションって難しいなぁ」

おれはそんなことを改めて思った。

12　リサイクル

店番をしていると、鼻をつまんだノエラがホウキを持って店にやってきた。

どろんどろんに汚れていて、いつもいいにおいがするノエラなのに、今に限って異臭を漂わせていた。

「あるじ、消臭剤、切れた」

「わぁぁぁ!?　グリ子の部屋掃除の途中で店に入るなって――――!」

「切れた。消臭剤」

「わかった、わかった。あとで持っていくから」

お客さんいなくてよかった……。

わかた、とノエラは踵を返し、グリの厩舎のほうへ戻っていった。

はぁ、とおれは安堵のため息を吐く。

何も店内の掃除が面倒だから言っているわけじゃない。

前同じ状況になり、ちょうど店内にお客さんがいた。ノエラの姿を見たり嗅いだりしたお客さんに、衛生管理上の話をされて、フツーに怒られた。そう、怒られたのだ……二〇代半ばのイイ歳こいて。

悲しい事件だった。

「あ。ノエラさん、またお掃除の途中でお店に来ましたね？」

それを知っているミナも、出入口の汚れとにおいで気づいた。

「消臭剤がなくなったんだって」

「あとで言ってくれればいいんですけどね～」

グリ子の厩舎は、定期的に掃除をしている。おれやミナがすることもあるけど、大半はノエラがすすんでやってくれた。

「消臭剤……効き目はすごいのにグリ子さんのおトイレに対しては形無しですね」

ミナが困ったように笑う。

そうなんだよなぁ。

消臭剤はにおいのキツい野草に対しても、トイレに置いても、かなりの効果を発揮する。鼻が利くノエラに厩舎の掃除ができるのは、消臭剤のおかげといってもいい。

ただ多少緩和されているとはいえ、排泄物だからどうしてもにおいが残る。

いいにおいをさせるものを置くと、混ざって余計嫌なにおいになるだろう。

「お食事を変えてみたらどうでしょう」

「食べ物を？」

「お肉が多いので、それをやめて、果物中心に」

「においがキツいものを食べれば、出すものもそうなるってことか」

「はい」

食べているのは、馬や羊、牛や豚。人が食べない部位がほとんどで、ミナが町でもらってくることが多い。おれたちにとっては骨でも、グリ子にとっては問題ない小骨に見えるらしく、出したものは全部食べた。さすが雑食。

「試してみようか」

「わかりました。農家さんたちを回って、売り物にならない果物がもしあれば、わけていただきます」

善は急げ、とミナは店を出ていった。

客が来る気配もないので、おれはノエラの掃除を手伝おうと厩舎へとむかった。

「きゅお」

「グリ子、そこ、邪魔」

「きゅおう！」

ホウキを掃く音がする。真面目にやっているようで何よりだ。

「人並み程度のにおいならなぁ」

「きゅ？」

つぶやくと、グリ子はつぶらな瞳で首をかしげた。

魔物だもんな。仕方ねえ。

一か所に集めたフンは、そばの穴に貯められている。掃除後は穴を埋めるのだ。

【グリフォンのフン：グリ子の排泄物】

まあ、そりゃそうでしょうね。

ミナが農家さんたちを回ってきた結果、売り物にならなかったり人がもう食べられない状態の果物はかなりあったらしく、たくさん持って帰って来た。

この日からグリ子の餌は、果物たまに肉。という構成に切り替わった。

魔物だからと、おれたちはグリ子に肉を与えすぎたのかもしれない。


次の掃除の日。

厩舎に行くと、前回ほど嫌なにおいはしなくなっていた。

「あるじ。ノエラ、ツラくない」

「そっか。そりゃよかった」

食べ物を変えたことで、消臭剤の力が及ぶにおいに変化したんだろう。

よかった、よかった。

グリ子にもとくにこれといった変化は見られなかった。

これで一件落着。

でも、掘った穴を覗くと変化があった。

【グリフォンのフン：グリ子の排泄物。堆肥のもととなる】

前はなかった説明が追加されている。

堆肥っていや、あれか。肥料のこと、だよな……。

もとになるってことは素材ってことだ。

上手くいけば、農家の人たちへのお礼になるかもしれない。

おれは創薬室へむかい、スキルに従い新薬を作った。

【自然食品のもと：家畜などのフンを発酵させ、肥料に変える】

これを使えば、グリ子のフンが作物を育てる肥料になるはず。

瓶を持って外に出ると、ノエラが穴を埋めようとしているところだった。

「あー。待って待って」

「る？」

不思議そうにしているノエラに、説明をすると、

「るるる？」

さらに首をかしげることになった。

「ま、要は、グリ子のフンが、イイモノに変わるんだよ」

「ノエラ、信じない。フン、クサイ。ノエラ、信じない」

「ノエラにとっては、さほど価値のないものかもだけどな」

物は試しだ。

おれはフンが入れられた穴に、新薬を投入。適当な棒を使って混ぜていくと、においがさらに減っていった。

「るー？」

ノエラが不思議そうに穴を覗き込んでいる。落ちるなよー？

【グリフォンのフンの堆肥：土に混ぜることで根の成長促進に繋がる肥料】

おー。できた！　グリ子の肥料。これをエサをくれた農家さんたちに使ってもらおう。

「グリ子、これからもいっぱい出すんだぞ？」

「きゅきゅおー？」

グリ子も不思議そうに目を丸くした。

ミナを呼んで、グリ子印の肥料について説明した。

「グリ子さんのおトイレが、ですか？」

さすがのミナも、半信半疑といった様子だった。

「試験的に、うちの薬草畑でやってみるか」

万が一失敗したら申し訳なさすぎるから。

できた肥料をバケツに入れて、近くにある薬草畑へむかった。

ちょうど収穫を終えた畑があるから、そこを使おう。

肥料を撒いて、土と混ぜる。これだけでいいらしいので、いつものように種を撒いておく。

上手くいくといいな。


翌日のことだった。

エジルとビビに店番を任せ、三人で畑にやってきた。

「あるじ。芽、出てる」

麦わら帽子をかぶったノエラが、つんつん、と小さな新芽をつついている。

「え。もう？」

「レイジさん、そこってもしかして――」

「うん。肥料を混ぜた場所だよ」

早くなるだろうとは思ったけど、こんなに早いとは……。

これなら、十分使えるはずだ。

おれは、近くの畑で仕事をしている農夫さんたちにこのことを説明していった。

「薬屋さん、そんなものを作ったのかい？」

「ええ。まあ、副産物というか、そんな感じで」

「ちなみに、いくらで……」

「ああ、お代はいただきません。元々、要らないものなので」

ほしい人は店まで来てください――そんなふうにおれは知り合いの農家の人たちに説明すると、次の日に長蛇の列ができていた。

「不思議。フン、みんなほしい。ノエラ、要らない」

「きゅおう」

納得いかなさそうにノエラが言うと、当事者のグリ子も、まったく同感です、と言いたげにうなずいていた。

何はともあれ。これで次の収穫のときは、おいしい野菜や果物が食べられそうだ。

13　美味の味を作りたい

「先生のものと、まるで違う」

魔王城の私室で、エジルは自作ポーションと店でのポーションを見比べていた。

「何故だ。素材は同じなのに、何が違う……」

むう、と手で顎をさするエジル。

魔王軍の軍医にも一度似たような物を作らせたことがあったが、まるで別物。ノエラが言う「美味の味」とは程遠い、酷い味だった。

自作ポーションもどきのにおいを嗅いでみる。

「……無臭で、味もしない」

素材も使っている水も同じ。とうてい薬と呼べるようなものではなく、効果も怪しい。

「先生は薬師というよりは、森の魔女の類いでは……」

男だから魔女はおかしいのか。と首をひねるエジル。

ポーション作りの工程を何度も見ているが、同じように仕上げに瓶を振っても何も起きない。

瓶に秘密があるのかと思ったが、どれも市販されているもので、町の雑貨屋から大量に仕入れているものだ。

特殊な瓶がひとつあり、それを市販の瓶に移し替えているのでは――？

「クックックック……クハハハハ！　フーワッハッハッハ！　余はついに真理に辿り着いた！　そうか、そういうことか！　チート薬師のその正体、暴いたり！　……今度、使わせてもらえるかお願いしてみよう」

カレンダーに書いたシフト表を確認すると、ちょうど出勤は明日。

エジルはベッドに潜ると、ぐふふ、と変な笑いを漏らした。


翌日。

「おはようございます！」

キリオドラッグに出勤したエジル。転移魔法を使った直後なので、多少バテているものの、『出勤したら挨拶な。これ絶対』と、雇われた当初レイジに命じられたのだ。

「おう。おはよう、エジル」

店先を掃除していたレイジが言うと、店の中で商品を補充していたノエラも小声で「おはよ」と返してくれた。

「ノエラさん……」

レイジにキツく言われて、ようやくノエラは挨拶を返してくれるようになった。主人の言いつけだから仕方なくやってます感が半端ないが、エジルにとっては、ちょっとした反応ひとつひとつが嬉しかった。

ツヤツヤの銀の髪の毛、ふりん、とことあるごとに揺れ動く魅惑的な尻尾。永遠に眺めていられる。

「エジル、顔ニヤけてんぞ」

「これが通常です」

「それはそれでヤバいだろ」

レイジのツッコミは、今日も冷静で的確だった。

商品補充をノエラがやってくれたので、エジルはカウンターにあるお釣りの確認。いちいち確認しなくても、と働きはじめた頃は思ったが、意外となくなることが多い。

「先生、お釣りオッケーです」

「了解ー」

「あるじ。ポーション、おけ。今日もいっぱい」

キラキラ、とドヤ顔でノエラはうなずいている。

「いやいや、モフ子さん、商品は全部確認して。ポーションだけじゃないんだぞ？」

「る？」

おほん、とわざとらしくエジルは咳払いをした。

「では、僭越ながら余がお手伝いを……」

チェックシートを持って、在庫の数を確認していく。

この店舗在庫の確認は、閉店後にすることもあれば、開店前にすることもあった。

足りないなら、創薬室にある予備からここへ品出しをする。店舗内に必要な少々の不足分を補って確認作業が終了した。

「先生！　問題ありません！」

「ありがとう、エジル」

「いえ！」

ぶすっとノエラが恨めしそうな目でこっちを見てくる。

「どうしました、ノエラさん」

ぷいぷい、と首を振って、鼻を鳴らした。

不思議に思っているとレイジが苦笑する。

「ノエラは、エジルがおれに褒められているのが癪らしい」

「ノエラさん、余に嫉妬をしてしまったのですね……！」

「あるじ、違う！　ノエラ、そんなこと、思ってない」

機嫌の悪いノエラも、それはそれでかわいらしさがあった。

開店作業が終わり、レイジが連絡事項をノエラとエジルに伝える。

「今日は、薬草畑で素材のいくつかを採ってきて、在庫製作をするから、その間、二人は店番をお願いします」

「……あるじ。二人？　ノエラ、エジルの、二人？」

「うん。ミナも畑に行くって言うから」

「るう……」

「ノエラさんと、二人きり……!?」

自分で口にしておいて、その言葉に胸が高鳴る。

ささささ、とノエラがエジルから距離を取り、レイジの後ろに隠れた。

「仲良くするんだぞ？」

エジルに、というよりはノエラへ向けられた言葉で、レイジはノエラの頭を撫でた。

主人の言いつけが不服そうだったノエラも、不承不承といった様子でうなずいた。

「しかし、これは好機……。チート薬師たらしめる魔法の瓶を余がこっそりと使える」

くくく、と内心ほくそ笑むエジルだった。

「じゃあ、エジル。店番頼んだぞ」

「わかりました！」

「あるじ。ノエラにも、ノエラにも頼むを」

「はいはい。ノエラも店番頼んだ」

「る♪　わかた！」

エジルがビシっと敬礼をしてレイジを送り出すと、ノエラはその足でグリフォンの厩舎へと向かっていった。

「ノエラさん、先生に先ほど頼まれたばかりでは……」

わざわざ頼んだと言わせておいて。

「自由過ぎる、ノエラさん」

しばらくすると、ノエラが店に戻ってきた。何か、大事なことを思い出したかのように、ガーンとショックを受けていた。

「あるじ。朝のポーション、忘れている！　ノエラの、楽しみ……」

「おほん。ノエラさん。余が、先生のポーションを作って差し上げましょう」

「るーう？」

嘘つけーとでも言いたげな眼差しだった。

「何、簡単です」

「あるじ、創薬室勝手に入る、怒る」

「余は、怒られたことはありませんよ」

「……」

「ハハハ。さてはノエラさん、使った物をきちんと片付けないからでは？　余はそんなこと、まったくありませんから、先生に全幅の信頼を置かれているのです」

「るぅ～ッ！」

「え？　あれ……何故不機嫌なのか……」

レイジが畑に出かけると、昼前までは戻らない。時間は十分あった。

幸い、今のところ来客はない。店番をしていても、暇なだけになりそうだ。

「バレなければよいのです、ノエラさん」

「ノエラ、あるじに言う。バレる」

「何故言うのですか！」

「エジルの信用、ガタ落ち」

「それが狙いでしたか。あなたも中々の悪党だ」

ハッハッハ、とエジルは笑い飛ばす。

「ですが、ノエラさん」

にやりと表情を一変させるエジル。

「余がポーションを作れたら、どうします」

「どうもしない」

「……あの、ポーションですよ。あの美味の味のやつ」

「る？　あるじ、ノエラに作ってくれる。困らない」

「ですが、まだ今朝は飲んでない、と」

「問題ない。創薬室の在庫、こっそりと――」

「ノエラさんそれです！　絶対それです！　先生が勝手な出入りを怒るのは！」

たしかに、とついにノエラが納得した。

「ですが、余なら勝手に創薬室に出入りでき、下手な痕跡は残しません。ということは？」

「あるじ、怒らない。ポーション、勝手に飲んでも」

「ええ、そうです。店舗と創薬室の在庫が減りませんからね」

ようやく話が見えてきたのか、いよいよ揺れ動きはじめた。

「るぅぅぅ……」

「ククク。ノエラさん。在庫にも売上にも記録されない余のポーションの魅力、わかっていただけましたか」

悪魔のささやきに、ノエラは陥落寸前だった。

「ど、どうせ、作れない。美味の味。あるじだけ」

「では、試しに作ってみましょうか」

「……ノエラは、何も知らない。聞いてない」

この件に関しては、何かあってもシラを切ってくれるらしい。

「フッ……悪いヒトだ」

ばさり、とエジルはマントを翻し、創薬室へと向かった。

「ククク……先生、余があなたを師と慕うのも、今日が最後になるでしょう」

フーハハハハハ！　と笑い声を響かせた。

「さて。先生の魔法の瓶……略して魔法瓶はどこだ」

いつも特定の瓶を使っている……ような気がする。

その魔法瓶が、レイジをチート薬師にしているのだ。

「しかし、先生は一体どこからそんな魔法瓶を手に入れたのだ」

魔王軍にもひとつほしいくらいだ。

「余は先生の秘密を知ってしまった。これは弱み……先生の言うことならノエラさんは大人しく従う。余が先生を脅し裏で糸を引けば、ノエラさんはたやすく余のモノとなる――――！」

ぐふふ、と笑いが止まらない。

魔法瓶……おそらくこれだろう、とエジルはひとつ手に取った。

「これが……」

何の変哲もない瓶。これが、ふわわわわ、と薬を作った瞬間光るのだ。

ポーションの材料を集めていき、創薬作業に入る。

この部屋の主は、畑に行っていてしばらく戻らない。口うるさいミナも同じく。

何度も見てきた手順を踏み、同じようにポーションを作る。

「あとは、この魔法瓶をフリフリして――」

コンコンコン、と部屋がノックされた。

「むわぁ!?」

ドキン、と心臓が跳ね、そっと扉のほうを窺った。

「あるじ、遠くいる。こっち、来る」

ノエラの声だ。

「な、に……!?」

何か忘れ物か。

マズい。

まだ肝心のポーションはできていないのに。

ちゃんと教えてくれるあたり、ノエラもエジルポーションを期待していたのかもしれない。

「ポーション、まだ？」

「ま、まだです、ノエラさん。もう少し時間が――」

「わ。わかた。ノエラ、時間稼ぐ」

「ノエラさん――？」

いまだかつてないほど協力的な姿勢に、エジルは感激していた。

これは、なんとしてでもポーションを完成させねば……！

ここに出入りすることをレイジに禁じられているわけではないが（ノエラと違って）、見咎められる可能性はある。そして、エジルが魔法瓶の存在に気づいた、とバレてしまう。

「ひ、秘密を知ってしまった余は、バイトをクビになるであろう。何か言いがかりをつけられて」

それは一番マズい。

定期的にノエラに会えなくなってしまう。

店員ではないとなれば、もう挨拶もロクに返してくれなくなるだろう。

「くそッ。まだできないのか……！」

シャカシャカシャカシャカシャカ。

いつになったら光ってくれるのか。

この瓶が魔法瓶ではないのでは——？

中身を別のそれっぽい瓶に詰め替え、再度振り直す。

「あ、あるじ。創薬室、行く、ダメ」

ノエラがレイジを止めようと声をかけていた。

が、下手すぎる。初手からＮＧワードの創薬室。

そんなことを言えば、どうしてダメなのか気になるだろう。

「ノエラさん、なぜこういうところはポンコツなのか！」

エジルは思わず天を仰いだ。

「は？　なんで？　採取する数をきちんとメモってなかったんだ。素材のストックを確認しないと」

「の、ノエラ確認する」

「いや、いいって。ノエラ、薬草は全部一緒に見えるって言ってただろ」

「たしかに」

そこを認めてはダメだろう。

「店番きちんとしててくれ。……あれ、エジルは？」

「え、エジル。創薬室にいない！」

下手！

誤魔化すの下手！

それはもうほとんど言っているようなもの。

またまたエジルは天を仰いだ。

「怪しすぎるだろ、ノエラ。さっきから。何か隠してんな？」

「る、るーるーるー」

誤魔化しのテンプレートみたいな鼻唄を歌っている。

「ノエラさんが必死に、下手っぴながらも時間を稼いでいるというのに――」

魔法瓶がない。

見つからない。

三つ目の瓶にポーションの素材を移し替えて振る。

キラーン、と光った。

こ、これだ――――！

そーっと創薬室を出ていこうとすると、ノエラが廊下で通せんぼをして、進もうとするレイジを阻んでいた。

「あるじ、創薬室、ダメ」

「なんでだよ――」

バレないようにそっと身を隠したエジル。そして、魔法瓶をマントの内側に隠し、何食わぬ顔で店内への廊下を進んだ。

「先生、ノエラさん。どうしたのですか」

「エジル、おまえどこ行ってたんだ」

「少々お手洗いに」

「そっか」

レイジの進路を阻んでいたノエラが、目だけで訊いてくる。

やったか？　やったのか？　と。

それに対して、エジルはキメ顔でウィンクした。

「なんの合図送ってんだ、おまえ」

合図だと一瞬でバレた。

「い、いや、別にそんな大したことは……余、ウィンクの練習にハマってまして」

ふうん？　と疑わしそうだったレイジだが、それ以上は何も言わなかった。

レイジは創薬室に入り、しばらくするとメモを手にまた店を出ていった。

記憶の限り、元通りに道具を戻したので気づかなかっただろう。

「なんとかなりましたね、ノエラさん」

「る。あるじ、手強い」

「おかげで、手に入りましたよ」

魔法瓶を覗かせると、ノエラの目が輝いた。

「美味の味、できた？」

「ええ。どうにか」

「早く、早く。美味の味」

すっとエジルは魔法瓶を隠した。

「ノエラさん、余はタダでこれを飲ませるとは、一言も言っていません」

「る？」

「尻尾を余にモフモフさせてくれるか、余と定休日一日デート。このいずれかをお選びください」

「無理。エジル生理的に無理」

「生理的に無理はやめてください。一番傷つきます」

「早く。出す。美味の味」

「やめてください、ノエラさん――」

力づくでノエラがエジルの魔法瓶を奪おうと手を伸ばしてくる。

「ノエラ、持ってる、知ってる。美味の味。出す。早く――」

「ポーション狩りはやめてください」

手を伸ばすノエラと、防ごうとするエジルが、ごちゃごちゃ、と小競り合いをはじめた。

「尻尾をモフらせてくれないとこれは渡せないんです」

「卑劣。ポーション、人質」

「そんなつもりは……余にもメリットがないと」

わちゃわちゃやっているせいで、マントからゴロン、と魔法瓶が落ちた。

「「あ」」

パリン、という高い嫌な音が聞こえた。

「あぁぁぁぁぁ〜!?　本当はちょっと借りて返すだけだったのにぃぃぃぃぃぃ！」

「あ、あるじの瓶、割った。の、ノエラ、知らない――」

びゅーん、とノエラは疾風のように店から出ていってしまった。

なんと詫びれば……。いや、謝った程度で許されることではない。

「これは、クビ、確定……」

鬱陶しがられながらも、楽しかったノエラとのバイト生活も、これでおしまい……。

「ポーションを作って先生を出し抜こうなどと……余が間違っていた……」

ショックのあまり、ぐるん、と白目を剥いてエジルは失神した。


ゆさゆさ、と体を揺らされていることに気づき、エジルは目を覚ました。

「エジルさん、大丈夫ですか？」

起こしたのは、畑から戻ったミナだった。

「女……なんの用だ」

「なんの用だとはご挨拶ですねぇ。エジルさん、廊下で気を失っていたんです」

はっとそこでエジルは状況を思い出した。

まだ廊下には、割れた魔法瓶とポーションが残っている。

「こ、これを修復すれば！」

乾坤一擲《けんこんいってき》。大逆転の一手。

さすが魔王、と自画自賛のアイディアだった。

「なんだよ、エジル。商品落としたのかー？」

「せ、先生!?」

ひい、とエジルは肩をすくめた。

「ミナ、悪いけど雑巾を」

「はい。すぐお持ちします」

「せ、先生……。これは、その……魔法瓶で。商品ではないのです」

「マホービン？　なんじゃそれ」

自分が勝手にそう言っているだけなので、レイジがわからなくとも無理はない。

レイジは割れた魔法瓶を拾っていく。

「怪我ないか？」

「なんとお優しい……。先生、余は、余は、なんてことを……」

ぐふぅう、と口をへの字にしたエジルは、罪悪感に泣きそうだった。

「ノエラのやつ……またサボってどっか行ってんな？」

「先生、その瓶を直せばまだ使えるのでは」

「要らないって。まだたくさんあるんだし。直したとしても、商品用にはできないから」

「まだ――たくさん――ある――!?」

がしゃ、とレイジは拾った魔法瓶をまとめてゴミ箱へ捨てた。

「……しかし、瓶一本割ったくらいで、こんなに反省するとは。ノエラも見習ってほしいもんだ。あいつ、全然悪びれないし。すぐ言いわけするし、謝らないし」

たくさんある、ということは魔法瓶は、大量生産されている――!?

仕入れているのは雑貨屋……？　あそこに森の魔女がいるのか――。

だが、それなら買った人全員がチート薬師になるはず。

「先生。瓶のおかげで薬が作れているんじゃ……」

「なわけねえだろ。瓶は瓶だよ」

「で、ですよね……」

まだ廊下に残っているポーションを、指ですくってひと舐めしてみた。

「うわ、まずッ」

草と土のにおいがするだけの水だった。

「光り方も今にして思えば全然違う……太陽の光を反射しただけだったのでは……」

チート薬師になれる魔法の瓶などどこにもなかったらしい。

あれをノエラに飲ませないでよかった、とエジルはほっと胸をなでおろした。

14　リクエスト箱と謎の手紙

最近アレを放置していたことを思い出して、開封してみることにした。

最後に開けたのは、【ブラックポーション】を作ったときだから、もうずいぶん前になる。

「そんなにリクエストすることもないだろうけど――」

リクエスト箱。

男性のおれには言いにくいことや、商品への意見要望などを入れておくためのものだ。

A4サイズほどの大きさの長方形の箱を振ってみると、カサカサ、と音が鳴る。

「ん？　ちゃんと入ってる？」

箱を開けてひっくり返すと、ばさっと中身が落ちてきた。

「意外と入ってるもんだな」

「あるじ？」

店先の掃除を終えたノエラが不思議そうに首をかしげた。

「ああ。これ。みんなが、薬にしてほしいものを書いて入れておくためのものだ」

「薬に、してほしいもの」

リクエスト箱を置いていたそばにあるメモとペンをとって、ノエラが何かを書きはじめた。

「……ポ……」

「ノエラ、ポーションはもう薬になってるからいいんだよ」

「るう？」

使い方をあまり理解してないノエラだった。

で、やっぱりポーションって書こうとしていたんだな。

ミナ曰く、こういうのあったらいいな、と思う商品は、言いにくい物であることが多いという。

今思えば、お客さんの半分以上が女性客。

女性しか使わないだろうっていう商品もあるので、それらを目当てにやってくる人もいる。

「……どんな要望があるのやら」

「あるじ。早く、早く」

投函されたメモはほとんど畳まれていて、開かないと見えない。

「じゃ、まずは一通目……」

適当に手に取って、メモを開く。

『好きです！』

誰だよ。

使い方の説明は、ちゃんとリクエスト箱のそばに置いてたんだけどな。

悪いけど、そういうものを入れるところじゃないので、不採用。

「あるじ。『好きです』ある」

「そうだな」

「ノエラも、あるじ、好き」

「ありがとう」

もふもふ、とノエラの頭を撫でておく。

愛いヤツよのぅ。

「ノエラ、開ける」

「どうぞ、ノエラ隊員」

「る？」

ノエラが首をかしげるので、手元を覗いた。

『これを読んでいるということは、その頃にはもう私はこの世にはいないでしょう……』

「重いわ！」

え、何この人。死んでるの？　もう亡くなってるの？　何があったの。

送り先間違えてない？

「る……悲しい、物語」

「何を想像したんだ」

誰が誰に宛てたものかさっぱりわからないので、これもポイ。

ノエラの手からメモを奪って、不採用のほうへ仕分けする。

「ノエラ、次を」

「る！　……る～ぅぅぅぅ……これ！」

一通を手にして、ノエラが顔をしかめた。

「どうしたノエラ」

「嫌な気配」

嫌な気配？　そのメモから？

どれどれ、とメモを預かり開いてみる。

『ノエラすわぁぁぁぁぁぁん！　好きですす好きですす好きですす好きです』

誰かわかった。

不採用ではなく、ゴミ箱へ捨てようとすると、察していたノエラがそばで待っていた。

「あるじ、へい！」

「ノエラ、パス！」

「任せる！」

丸めたメモをノエラへ投げると、それをキャッチして、スパーン、とゴミ箱へダンクシュートを決める。

ふう、とノエラは手の甲で額の汗をぬぐった。

「悪は、去った」

「悲しい事件だった」

そばに戻ってきたノエラとハイタッチしておく。

一方通行をこじらせると、あんなふうになるらしい。

「ノエラ、次」

「わかた」

気を取り直して、ノエラが次の一通を選んで黙読する。

るるる？　と首をひねった。

「ノエラ、謎。わからない」

「謎？」

不思議に思って見せてもらった。

『わたくしは、あの方のことを思い出すだけで胸がキュンとしてしまいますの。どうしたらこのキュンは治まるのでしょう。他の女性と会話をするお姿を目にするだけで、身を焦がすほどの嫉妬を覚えてしまいます』

「誰、書いたか、ノエラ、気になる」

おまえと仲がいいお嬢様だよ。

「この箱は、ラブレターボックスじゃねえっていうのに」

まったく。用法はちゃんと守ってくれよ。

当然不採用。

「あるじ。さっきの、ノエラ、続き読みたい」

「ハマってる!?」

小説じゃないんだけどなぁ……。

と、思いながらもノエラに渡した。

興味津々といった様子でノエラは熟読しはじめた。

「そうか。小説やマンガなんてものがないのか……」

『誰か』が綴った胸の裡を文章で読むってこと自体が珍しいんだろう。

こんなふうに、おれとノエラは寄せられた意見要望に目を通していった。

『社員募集はされていますか？　交通費は出ますか？』

してないし出ないよ。

『バイトから社員になるというような、社員登用制度はあるのでしょうか？』

誰かと思ったらおまえかよ、ビビ。

変に丁寧だからわからなかったわ。

問答無用で不採用。

『こんなの読むなんてレーくんも暇だね！　ウケるｗｗｗ』

てめえ――！

水鉄砲持ってノエラと一緒に道具屋襲撃すんぞ。

『お夕飯やお昼ご飯、何がいいか尋ねると、決まって「なんでもいいよー」と返ってきます。とても困ります。「なんでもいい」が一番困るので、やめてほしいです』

おれがよく言うやつ⁉

てことは、ミナだな、これ。
本当にすみませんでした！　以後気をつけます！
『きゅ、きゅおー！』
おまえどうやって書いたんだ！
『あるじ。今日も、ポーション、美味の味。ありがとう』
ノエラ……。
ほわわん、と思わず癒される。
このモフ子め、このモフ子め。おれはノエラの尻尾やら頭やらをモフりまくった。
もふもふもふもふ。
「る？　るるるる？」
おれのＭＰが大幅に回復したので、残り少なくなってきてメモの開封を続けていく。
でも、内容はお手紙コーナーと同じで各々が好きなことを書いていた。
「薬の要望全然ねえな！」
説明書き、ちゃんとあるのに。みんな説明書読まないタイプだな？
……それに関してはおれも人のことは言えないけど。
こっちは暇つぶしにもなるし、構わないんだけど――。
「あるじ、これ」
今回開封した最後の一通を、ノエラが渡してくれる。

「また変なことが書いてある？」

ふるふる、と真面目な顔でノエラが首を振る。

怪訝に思ってメモを見てみた。


『おかあさんを　たすけてください』

……。


「あるじ。どする？」

「どうするって言ってもなぁ……」

ずいぶんクリティカルでシリアスな内容だ。

書いてあるのはそれだけで、どこの誰の要望なのかはわからない。

子供の字……。

まだ書き慣れていないんだろう。文字としてどうにか成立しているレベルで、いびつな筆跡だった。

イタズラなのか、そうでないのかは判断できない。

ノエラやビビと遊ぶために、ここへやってくる子供たちは何人かいる。

そのうちの誰かだろうか。

「ん――待てよ」

うちに来るってことは、薬を買い求めてくる人が大半だ。ポーラみたいな一部例外を除いて。

最初のほうに見たメモ。……あった。

『これを読んでいるということは、その頃にはもう私はこの世にはいないでしょう……』

柔らかい雰囲気のある女性の字。

……偶然か？

店に来た具合が悪そうだった女性客に、思い当たる人はいない。

具合が悪いお客さんが来たとしても、おれは何も言えない。

おれは医者じゃないから、診察はできない。何が悪くてどうマズいのか、何も言えない。

この手の説明は、よくわかっていないお客さんに頻繁にしているから、もしかするとこの女性にもそう言ったかもしれない。いや……たぶん言ったんだ。

もし亡くなっていたら、逆恨みされているような気がしないでもない。

リクエスト箱を逆さまにしたので、投函された時系列は読んだメモとは順番が逆になるはず……。となると、先に子供の投函、そのあと、女性の投函。

子供を伴ってここを訪ねるお母さんは少なくない。

万が一、まだ間に合って、おれに何かできるのなら――。

「調べるだけ、調べてみよう」

おれは、子供が書いたと思しきメモを手に、創薬室へ向かった。

「あるじ、何作ってる？」

背中にくっついて、肩越しにノエラが手元を覗き込んできた。

「これは、探偵グッズみたいなもんだ」

「タンテーぐっず？」

るう？　と、ノエラが首をかしげた。

そうか。この世界に探偵って存在はいないのか。

まあ、いたとしても田舎町に来ることはないんだろう。

「よし。できた！」

ぽわわわ、と瓶が光って新薬が完成した。

【クッキリン：塗るとかすかな水分、脂肪分に反応し痕跡を浮かび上がらせる】

「これがあれば、誰があのメモを書いたのかわかるぞ」

「る？　あるじ。わからないから、困ってる」

「うん。まあ見てな」

試しにさっき触った瓶に【クッキリン】を塗る。

小さな青白い紋様が浮かんだ。太さからして、親指と人差し指。

「る!?　手のあと！」

「な。そういうこと。これが、おれの指紋ってやつだ」

「ノエラもやる、ノエラも！」

ぺたぺた、と色んなところを触って、トペトペと【クッキリン】を塗っていくノエラ。

すぐに、ノエラの指紋が浮かび上がった。

「るー♪　ノエラの、指。一緒の迷路！」

迷路尾じゃなくて、指紋な。

「おれとノエラの指紋がわかった。で、このあとどうすると思う？」

「メモ！　メモ！」

「正解」

ワクワクするノエラの横で、おれは【クッキリン】をメモの両面に塗った。

「あるじ、光った！」

光ったのは、三種類の指紋。採取したものと見比べていくと、さっき触ったおれとノエラのものと、別にもう一種類がある。

指の大きさからして、やっぱり子供のものだ。

「子供の字……」

待てよ。この異世界には、小学校も幼稚園もない。

文字を書けるってなると、それなりの教育を受けている子供ってことになるはず。

ミナやノエラが文字を書くときはあるけど、あまり難しいことは書けない。誤字脱字も多い。

「家柄確かな子供？　最近来た人……」

全然わからない。親子で来ていたとしても、数が多いから覚えられない。

「レイジ様ー？　ノエラさん？　いらっしゃいましたわ～！」

お？　家柄確かなお嬢様のご来店だ。

「マキマキ、来た！」

出迎えにノエラが部屋を出ていくので、おれも店のほうへ戻った。

「御機嫌よう、レイジ様、ノエラさん」

「よ、マキマキ」

「よう、エレイン。ちょうどいいところにきた」

「なんですの？」

おれは、メモのことをエレインに話すとウルウルと涙目になりはじめた。

「お可哀想……。お母様がご病気で……それを治す薬はないかと、ここへ来たに違いありませんわ」

「エレイン、心当たりある親子っていない？」

ううん、と考えたエレインだったけど、首を振った。

「わかりません……。ですが、子供ながらに文字がきちんと書けている、となると貴族の子や豪商の子などが当てはまるはずですわ」

「ゴーショー。……強そう」

確信めいた顔でノエラはうなずく。

「商人のことだよ、ノエラ」

たしかにそうか。後々商売をしたり、家業を継ぐとなれば必須だろう。

「レイジ様。わたくしからもお願いいたします。もしお母様がご存命でしたら……」

「わかってる。できる限り力を尽くすつもりだから」

「さすが、わたくしのレイジ様ですわ！」

プイプイ、とノエラが首を振った。

「マキマキのあるじ、違う。ノエラの、あるじ」

どこで張り合ってんだよ。

差出人を調べようとすると、エレインも手伝いたいと申し出た。断る理由もないので、エレインも調査に加えることにした。

「商人となれば、町へ行って聞き込みをいたしますわよ！」

「いたす！」

フンス、とノエラもやる気だった。

しばらく店を留守にすることをミナに伝え、おれたちはエレインが乗ってきた馬車に乗り込み、町へと向かった。


この指紋の子供を探しているって言っても、みんなさっぱりだろう。

ひとまず母親の具合が悪く、文字が書ける子供を探して、確認するときに指紋を照合させてみよう。

町の広場でおれとノエラ、エレインの三人は色んな人に手がかりを求めて聞き回った。

けど、なかなか見つからない。

「町の方ではないのでしょうか……」

「なんとも言えないな」

キリオドラッグにはじめて来る人たちは、おれを医者だと思っている節がある。これに関しては、ずっと不思議に思っていた。

「なあ、エレイン。カルタの町にお医者さんっていないの？」

「今はいませんの。病にかかったときは、隣町まで移動するしか……」

「道理でおれを医者扱いして頼るわけだ」

病気の何かしらの症状を訴えられても、医者ではないおれに診断はできない。

せいぜい風邪薬や腹痛止めをすすめたりする程度。これに効くからこれを飲め、ということは何も言えないのだ。

病人が見つかっても、お手上げです、じゃ話にならない。

町で行商人のヴィンさんを見つけ、事情を説明したところ、思い当たる節があったらしい。

「要はさ。レイジくんが覚えていない……印象に残っていないってことは、この町の人じゃない可能性があるわけだ。で、普段ここらへんに来ない人で、おそらく商家で幼い子供がいて、母親が病で臥せっているかも――となると、隣町のホボさんのとこじゃないかな」

「ホボさん？」

「うん。ホボさん。奥さんがちょっと前から病気で、どうやら重いって話を聞いた。子供も赤ん坊と、文字が書ける小さな女の子が一人いる」

「その方ですわ！」

「決まり！　決まり！」

喜ぶ二人をおれは宥めた。

「待て待て、ガールズ。まだそれっぽいってだけで、決まったわけじゃないから」

「うん、俺が聞いたときの話だから、もう具合が良くなってることもあるよ」

ともかく、はじめての手がかりだ。確かめに行こう。

おれはヴィンさんにお礼を言って、三人でまた馬車に乗り込み、隣町へと移動した。


隣町は、おれが住んでいるカルタの町と大差のない規模の田舎町だった。

まったく人がいないわけでもなく、大勢でにぎわっているってわけでもなさそうだった。

ヴィンさんが言うには、ホボさんはお店をいくつか営んでいて、食材を扱う店に、雑貨、武器防具を扱う店など、何種類か店舗があるという。現代でいうグループ企業みたいなもんだろう。

　おれたちは教えてもらった豪邸を訪ねた。

　貴族の屋敷というには物足りないけど、庶民が暮らすににしてはかなり大きな家だった。

　門の前で遊んでいる女の子を見つけた。あの子がそうなんじゃ……。

　馬車を降りて、怪訝そうにする少女に声をかけてみた。

「こんにちは。隣町でキリオドラッグっていう薬屋をやってるんだけど」

「キリオ、ドラッグ？」

「これ、書いたのは君かな」

　メモを見せると、かすかに反応があった。一度おれを見て、またメモに目を戻す。

「……」

「お母さん、具合悪い？」

「お医者さんが、悪いって言ってた」

　確認のため、持ってきていた瓶を触ってもらい、【クッキリン】で指紋を浮かび上がらせる。

　いつの間にかいたエレインとノエラも瓶とメモを何度も見比べている。

「迷路が一緒ですわ」

「迷路、一緒」

　指紋な。

　てことは、この子が……。

　豪奢な馬車を見つけたらしく、何事かと三〇代後半の小太りのおじさんが表に出てきた。

「娘に、何かご用でしょうか……？」

この人が、ご主人のホボさんだろう。

「隣町の薬屋です。この依頼をもらってここまで来たんですが、お話よろしいですか？」

メモを見て、事情を察したホボさんは、うなずいて屋敷の中へおれたちを案内してくれた。

応接室に通してもらい、俺たちは沈痛な面持ちのホボさんからメモの話を聞いていた。

「カルタには、娘を伴って何度か仕事で行っていて。そのときでしょう。あなたのお店にも立ち寄らせていただきました」

噂の薬屋だから何か快方に向かう薬があるはず、と期待したが、目当ての薬は存在しなかった。

「この町の医者にも何度か見てもらいましたが……これ以上手は尽くせない、と」

「そうでしたか」

「妻は、今小康状態が続いていますが、あまり長くはないようです……娘のメモひとつで、わざわざここまで来て下さってありがとうございます」

辛いはずなのに、おれにもきちんと礼を尽くしてくれるホボさんを見ていて、胸が痛んだ。

医者がそう診断したんなら、そうなのかもしれない。長くないんだろう。

そして、それを治す薬は、おれの店にはなかった。

――その当時は、まだ。

「ホボさん、手はあります。おれが作ります。その病に、効くものを」

「できるんですか？」

創薬スキルが教えてくれている――素材を、作り方を、用法と用量を。

「やります」


ホボさんとメモの主である女の子――アイシャちゃんというらしい――と一緒に奥さんをお見舞いした。

気立てのいい優しそうな人で、長患いのせいか酷く肌が白かった。

奥さんを見ない状態で、創薬スキルは反応していた。

……それってどうなんだ？

て思ったけど、できあがる薬がなんなのか知って納得だった。

おれは簡単な世間話と具合のことを訊いて、効果も快方に向かうかどうかも確約はできないと前置きした上で創薬の約束をした。

15　レア素材採取

　家族三人にお礼を言われ、おれたちはホボさんの屋敷をあとにする。

「レイジ様、町のお医者様は、これ以上は難しいと診断されたという話ですわ。あのような約束をしてしまってもよろしいのでしょうか？」

　馬車の中で、エレインが心配そうに尋ねた。もっともな意見だ。

　この世界の医学では治せないだけなのか、それとも元々治せない病なのか、それはわからない。

「あるじ、作る、言った！　言ったら作る！　あるじ、そういう男」

　全幅の信頼がノエラにはあるらしい。

「大丈夫。素材さえきちんとそろえば作れるから」

　ほらみろー、と言いたげなノエラは得意そうに胸を張った。

「なんのお薬なんでしょう？」

「万能薬だよ。文字通り、万能の薬」

「万能、薬……」

　エレインがつぶやくと、ノエラも繰り返した。

「バンノウーヤク……強そう」

うん。これは『強い』と思うよ。

おれが作った中で、一番の薬になると思う。

「気がかりですわ……絶対、絶対、ぜーったい、どうなったか教えてくださいませ！」

「マキマキ、任せろ。あるじ。やる男。問題、ない」

ノエラがどんどんハードルを上げていくなぁ。


馬車で店まで送り届けてもらうと、おれは老執事とエレインにお礼を言って別れた。

「さて。素材の採取が一番問題なんだけど……。エジル。エジーーール？　いるかー？」

「あるじ、エジル呼ぶ。ダメ。ダメ」

悪いな、ノエラ。ダメでも今は必要なんだ。

出てこないな、エジルのやつ。まあ、元々こんなふうに呼びつけて来たことはないんだけど。

店の外に向かって声を響かせると、空中に転移魔法の魔法陣が浮かび上がった。

「先生！　何かご用ですか!?」

「うわ、本当に来た！」

呼び出しておいてアレだけど。

「先生とノエラさんが呼んでいる気がして」

「ノエラ、おまえ、呼んでない」

「ノエラさんの危機を、余は察知して――」

「ノエラ、ピンチ、違う」

一個一個、ノエラは丁寧にツッコんで否定していった。

「エジル。薬の素材で一角獣の角が要る」

「一角獣、ですか」

いつもふたつ返事をしてくれていたエジル。今回のレア素材ばかりは渋面を作った。

「一角獣……ユニコーンは幻獣の一種です。我々魔王軍が探しても簡単に見つかるようなものでは……」

「そうか……」

素材になる角がレア素材以上に、ユニコーン自体がレアのようだ。

「おおよその居場所についてはわかるのですが、角の採取は至難かと」

申し訳なさそうにエジルは言う。

「知能が非常に高い魔獣で、姿を簡単に見せるとは思えません」

「いや、だいたいの居場所がわかれば十分だ」

「え、それだけで？」

「こっちには、魔物使い御用達セットがあるからな。どうにか探してみるよ」

【誘引剤】【キビダンゴローション】【トランスレイターＤＸ】、この薬がきっと役に立つはず。

「わかりました。先生のご意思は固いようなので、余はもう何も言いません。ユニコーンがいるとされる場所ですが――」

　エジルが教えてくれたのは、先日ハイキングに行ったビゼフ山の麓にある森だった。

「あるじ、ノエラお供する。ノエラ、いれば、間違い起きない」

「うん。頼むよ」

　頭を撫でるとノエラは嬉しそうに目を細めた。

「余が行けば、このオーラ故、必ず先生の足を引っ張ります。この魔王の溢れ出る気品と魔力と、カリスマ性のせいで、きっと邪魔に……ですので、どうか幸運を」

　その通りなんだろうけど、自分で言うあたりがエジルらしい。

「ありがとう、エジル。まあ、気をつけて行ってくるよ。ノエラ、準備だ」

「る♪　あるじとお出かけ！　――ミナ！　お弁当。ノエラ、あるじ、出かける！」

　奥にいるであろうミナに、ノエラはさっそく弁当を注文していた。

　ピクニックかよ。

　おれも鞄に、必要な薬ともしものときのポーション、他に色々な物を詰め込んだ。

　ビゼフ山に移動するにはグリ子がいてくれたほうがいい。ちゃちゃっと飛んでくれるし、そのほうが早い。

「おーい、グリ子。散歩の時間だ」

「きゅ、きゅおっ♪」

　厩舎から出すと、バッサバッサと翼を目いっぱい動かした。やる気十分って感じだ。

「あるじ、整った」

でっかいリュックを背負ったノエラがやってきた。

「ミナ、そんなにたくさん弁当作ったの？」

「……」

「おい、モフ子、おまえまさか――」

鞄を検めようとすると、ノエラが体を捻って妨害する。

半開きになっていた口から、ぽろん、と瓶がひとつ落ちた。

ポーションだった。

「この中のほとんど、ポーションじゃないだろうな？」

「緊急事態。ポーション、要る」

「水分補給にポーション飲もうとするんじゃねえ。万が一のポーションはおれが持ってるから、戻してきなさい」

「るう……」

不満げなノエラが、どでかいリュックを背負って店に戻り、そしてやってきた。

かなりしぼんでいる。やっぱりか。

グリ子に乗ると、ミナが出迎えに出てきてくれた。

「レイジさん、ノエラさん、お気をつけてー！」

「遅くならないうちに戻るよ」

ミナとエジルに見送られ、おれたちは一路ビゼフ山の麓を目指した。

前に来たときの反対側にその森はある。濃い緑が多く残るそこは、人や文明を拒んでいるかのように見える。

上空から眺めているけど、さっぱりわからない。

「どこにいるんだろうな、ユニコーンは」

「ノエラ、におい、わからない」

頼みのノエラもお手上げ状態。

動物が多く集まりそうな湖を見つけたので、湖畔に降りるようにグリ子へ指示した。

「こういうときの【誘引剤】」

魔物や動物がわっと集まる。その中にユニコーンがいればいいんだけど。

湖畔の何か所かに【誘引剤】を撒いて、離れたところから様子を伺う。

小動物や小型の魔物、森に住む多くの物が【誘引剤】に釣られて姿を現した。

念のため、【トランスレイターＤＸ】を飲んでおこう。

『ご主人様、グリ、ユニコーンが見られるなんて、楽しみですー♪』

「鑑賞会に来てるわけじゃねえんだよ」

ノエラも【トランスレイターＤＸ】を飲んだ。

「グリ子、ユニコーン見つけたら突進。攻撃！」

『教官、了解です！』

「やめなさい。攻撃対象じゃないから」

あくまでも手懐けて、友好的に素材をもらうのが一番。

でも、エヴァが使役したケンタウロスみたいに、口賢しい魔物だったらどうしよう。

物陰に隠れて様子を窺いながら、ミナが作ってくれた弁当を食べる。

グリ子とノエラが夢中になっていると、【誘引剤】を撒いたはずなのに、すー……と魔物や動物たちが去っていった。

ノエラの耳がピクりと動いて、弁当の手を止めた。グリ子も何か感じるものがあったのか、息を潜める。二人とも【誘引剤】を撒いたほうをじっと見つめている。

「ブルルルヒィイィン」

嘶きが聞こえ、ゆっくりと茂みから魔獣が一体姿を現した。

一見してそれは馬だった。

神々しさを纏うかのような真っ白の肌に、黄金の鬣《たてがみ》。青空を思わせる碧眼。

けど、頭頂部から伸びる黄金の長い角が、ただの馬ではない大きな証拠だった。

【一角獣：ユニコーンと呼称される幻獣の一種。世界に一〇体と存在しない。角は万病に効くとされる】

で、出た、ユニコーン――。

『何やらよき香りが……』

周囲を見回しながら、そのにおいの元をユニコーンが探している。

他の魔物や動物たちは、ヒソヒソと会話をしていた。

『ヌシ様』

『いらっしゃった』

『神々しいお姿』

『ヌシ様、ヌシ様』

ふむふむ。ヌシ様っていうのは、この森の主って意味かな。

その風貌は、森の主と呼ばれるのも納得のものだ。

『ユニコーンさん、カッコいいです……！』

「るっ。角、カッコいい！」

わかる。

角をくれって言っても、素直に渡してもらえるとは到底思えないなぁ……。

『そこのニンゲン。そなたか。このかぐわしい香りを放ったのは』

うげ。バレてる。

隠れても仕方ないので、おれは恐る恐る木陰から出る。ノエラががっちりおれの足にしがみついている。

ノエラ、あるじ守る、とか言いそうなのに、完全にビビっていた。

「こ、こんにちはヌシ様。ええっと、僕が撒いたものです」

『フン。姑息なニンゲンの考えそうなことよ』

ずいぶんと年季の入った女性の声だった。

「あるじ。ユニコ、声、おばさん」

「こら。しーっ」

『誰がババアか』

ほら見ろ、怒られたじゃねえか。

「ご機嫌を損ねるようなことを言うんじゃねえ」

モフモフ、と頭を乱暴に撫でる。

「すみません、うちの人狼モフ子が失礼を……」

『妾《わらわ》は年を取ったのではない。年を重ねたのだ』

……ああ、うん。意識が高い美魔女的な人が言いそうなセリフだ。

『森深いこの地までわざわざやってきたニンゲン、目的はなんだ。妾か』

あー……。やっぱりそう思うよなぁ。隠してもしょうがねえ。

「はい。あなたの角をいただきに参りました」

『戯けたことをぬかす』

た。


『ユニコさん、ご主人様はガチです』

『珍しい。人に懐かぬグリフォンまで従えるというか』

　ちら、とユニコーンが足にしがみつくノエラに目をやると、ノエラがそっとおれの背に隠れ

　人見知りの子供みたいだ。

『グリフォンに、人狼……。そなた、何者だ』

「レイジと申します。少し離れたカルタの町で薬屋を営んでおります」

『ほう。それで、妾の角がほしいと』

「はい。隣町の女の子の母親が不治の病にかかり、もう長くありません。彼女を治すために、万能薬が必要なんです。その素材になるのが、あなたの角です」

『ニンゲンを救うために妾が角を？　笑止。妾は忘れはせぬぞ。金に目がくらんだニンゲンどもの手にかかった同胞たちのことを』

　まあ、そうだよな……。レア魔獣で、角は万能薬が作れるレア素材。

　人間……冒険者や狩人が目にすれば、まず角を得るために攻撃し捕獲しようとするだろう。

　青い瞳は敵愾心いっぱい。立ち去れと言わんばかりだった。

　こうなったら、ツンツンなあいつをオトす薬を使うしかねえ。

「ノエラ、鞄からつくねと【キビダンゴローション】を頼む」

「わかた」

木陰に置いている鞄をノエラが漁る。

グリ子のエサにもなるつくね（虫入り）と好感度を上げる【キビダンゴローション】を手に戻ってきた。

おれはさっそく、つくねに【キビダンゴローション】をかける。

『ご主人様、それ、グリのお菓子……』

「ちょっとくらいいいだろ。あとで肉あげるから」

『ちょっとだけですよ？』

つくねに薬を塗って、準備完了。

『何をしておる。この地から早々に立ち去られよ』

「食らえ！」

ぽい、と特製つくねをユニコーンへ投げつける。二度バウンドしてユニコーンの足下につくねが転がった。

特製つくねを前に、同じ態度でいられるか見物だ。

『な、なんだ、この丸っこい魅惑的な玉は』

つんつん、とつくねを蹴るユニコーン。興味津々って感じだった。

『あーん、ご主人様！　グリのつくね……もったいない……』

『このつくねとやら、食い物か』

……もしかして、地面に転がってたら食べられない？

あ。角が邪魔で真下をむけないんだ。

「ヌシ様、気になりますか？　このつくね。うちのグリフォンも大好きなんです。一回騙されたと思って食べてみません？」

『……』

お。揺れている揺れている。

にっくき人間が差し出した食べ物を、食べていいのかどうか。

『妾を惑わせるおかしな薬でも入っているのであろう。そなたは薬使いであるからな』

もう一個特製つくねを足下にポイと投げる。

『むう……』

角が邪魔で下をむけないユニコーン。両足を畳んで、伏せの体勢をとるけど上手く口で拾えない。

なんだかんだ言って、食べる気満々だった。

「あるじ。ユニコ、食べたくてたまらなさそう」

「みたいだなー」

ゆっくりと近づいていき、つくねを手にのせて、口元に差し出すとぱくりとくわえて食べた。

『これは、なんと美味なものか……』

【キビダンゴローション】のおかげもあり、急激に敵意がなくなっていくのを感じる。

もうひとつ、もうひとつ、とつくねを食べさせて、完全にオチた。

『早く次を出さぬか』

「もうないですよ」

『もう、ない……だと……』

すっげーショックを受けた顔をしている。

はじめてポーションを飲んだノエラ並みに、特製つくねにハマったようだ。

「こっちの言うことを聞いてくれたら、新しいつくねを持ってくるんですけどねー」

『妾と取引をしようというのか、ニンゲン』

じいっと見つめられると、このユニコーンに嘘をついてはいけない気がしてくる。

『聞かせてほしい。病を得たそのオンナは、そなたにとって大切なニンゲンなのか』

「いえ。この前はじめて会った、ご主人と娘さんがいる奥さんです」

『では、なぜだ。そなたになんの益があって、このようなことをしておる』

「ありませんよ、益なんて」

『何？』

「いけませんか。益がなくちゃ」

『ニンゲンとは、己の益を追い求め何物も顧みないモノであろう』

「あなたの見たすべてが、人間のすべてではありません」

むう、と唸ったユニコーンは、おれの意見に一理あると認めたようだ。

「あなたの角で作った万能薬は、善人のために使うと約束します」

『そなたのような若造が、妾の角を扱えるとは到底思えぬが』

「『創薬』というスキルがあります。ご心配なく」

続きを待つように、ユニコーンはおれを見つめる。

「世界中の人は無理かもしれません。でも、僕の手が届く範囲で助けられる人を、助けたい人を助ける――それが『創薬』スキルを与えられた使命だと思っています」

ユニコーンは、おれに角を見せるように首を少しひねった。

『……削れ。妾もすべてをくれてやるわけにはいかぬ。数人分の薬の素とするには、それで十分であろう』

「いいんですか？」

『妾の気が変わらぬうちに早ぅせい』

ありがとうございます、とおれは言って、ノエラに採取用のナイフを持ってきてもらった。

刃を少し立てて、角を削り取っていく。地面に落とさないように、ノエラが袋で受けてくれた。

『そなたのようなニンゲンもいるのだな』

角の採取が終わると、ぼそっとつぶやいてユニコーンは馬首を巡らせ、茂みへと帰っていった。

角の採取を終えたおれたちは、すぐに店へと戻った。

さっそくレア素材の『ユニコーンの角』を少々と、いつだったか冒険者の青年にもらった『オロナームソウ』を用いて創薬をはじめる。

素材が揃ってさえいれば、作るのはさほど難しくなかった。

【万能薬：万病に効く薬】

もらった角で作れたのは、瓶三本分。一人あたり一本が適量のようなので、三人に使えるということのようだ。

「三人か」

もし、ノエラが大病を患っても、これがあれば大丈夫だ。

「あるじ。もっと角、もらえる」

そばで創薬を見守っていたノエラが言った。

「え？　なんで？」

「ユニコ、チョロい。言えば、角、全部くれる……かも」

「言うなって」

おれもちょっと思ったけど、もらい過ぎはよくない。角がなくなれば、ただの白馬になって威厳がなくなるだろう。

それに、チョロいんじゃなくて【キビダンゴローション】の効果が絶大だった、と言ってほしいところだ。

「もし、ノエラなら、あの程度では屈しない」

「そんなノエラにはポーションをやろう」

「るっ♪」

うちの子もチョロかった。

16　万能薬とお礼

完成した新薬を持って、おれとノエラは再びグリ子にまたがり、隣町のホボさんの屋敷へと飛んだ。

「これが、ユニコーンの角や他のレア薬草から作った【万能薬】です。きっと奥さんにも効くはずです」

出迎えてくれたホボさんに、おれは作り立ての【万能薬】を見せる。

「キリオさん……ありがとうございます、ありがとうございます……」

ホボさんは何度も頭をさげてお礼を言ってくれた。

「ホボさん、お礼はまだです」

奥さんにこれが効かなければ、なんの意味もない。

ていうか効いてくれ。

奥さんの病床を訪ね、【万能薬】とその効果を伝えた。

「わたしのために……」

「リクエスト箱に依頼がありましたから」

瓶の蓋を開けて、【万能薬】を奥さんは飲んだ。

創薬したときのように、ふわっと体内が光ったように見えた。

「どうですか？」

「まだ実感はないですけど、すごく楽になった気がします。それに、おいしいです」

奥さんが笑うと、ノエラが得意そうに言った。

「あるじの薬、美味の味」

「どうせなら、飲みやすいように作るので」

「お薬って、嫌なものが多いのに、薬屋さんの薬は違うんですね」

以前に比べてずいぶんと奥さんはしゃべった。

離れて会話を聞いていたホボさんは泣いていた。

辞去するときに、ホボさんが教えてくれた。

あんなに長く会話をしたのは何年ぶりだ、と。

「治る……はずです」

ていうか治れ。おれの【万能薬】効いてくれ。

「あさって、町医者が容態を診察しにいらっしゃいます。キリオさんも、ご同席願えますか」

「もちろんです」

おれは二日後また来ることを約束し、店へと帰った。


二日後。

おれとノエラは、ホボさんの屋敷へやってくると、奥さんの部屋の中ではすでに町医者のご老体が診察をはじめていた。

「咳は」

「少し出る程度で、以前のように眠れなくなるほどでは」

ふむ？　と町医者のおじいさんは首をかしげた。

「では、熱っぽいとか、体の倦怠感は？」

「すっかりよくなりました」

「よくなった？　それは、何よりだが……」

おかしいな、と不思議そうにまた首をひねった。

「ベッドに横になっているのもよくないと思って、最近は屋敷の中を散歩しているんです」

「散歩……!?　体は、辛くない？」

「ええ。運動不足が祟って、少々のことで筋肉痛になってしまって」

ちょんちょん、とノエラがおれの袖を引っ張った。

「あるじ、あるじ」

「うん？　嬉しそうだな、ノエラ」

「当然。あるじの、薬、大勝利」

わさり、わさり、とノエラがご機嫌に尻尾を振った。

ホボさんが、おれたちが来たことを奥さんに告げ、町医者と二人してこっちに気づいた。

「薬屋さん。あの薬、とてもよく効きました。ありがとうございます」

「薬屋……まさか、君はカルタの薬屋か……？」

はっとしたように町医者がおれに尋ねた。

「はい。キリオドラッグという店をやっています」

「何を……一体何を飲ませた？　起き上がるどころか、咳でロクに眠れず、熱も酷かった。あと半年持てば御の字だと思っておったが――」

「【万能薬】を創薬しまして、そのひとつを飲んでもらいました」

「ばんのぉーやくぅ？」

胡散臭そうに町医者は目を細めた。

「ユニコーンの角でも買い取ったのかね」

「いえ、買わないですよ。少量を削らせてもらいました」

「バカな。ユニコーンが？　人間嫌いでロクに姿すら見せないというのに……」

ありえない、と町医者は驚愕していた。

「それで【万能薬】を作った、と……？　医者なら、一度くらいは冒険者に依頼を出しただろう。ユニコーンの角を採取してこい、と。それが叶った話など、ワシは聞いたことがない。失敗に終わるからだ」

「信じてもらえなくても構いません。僕では、経過を診察することはできないので、あとをよろしくお願いします」

小さく一礼して、部屋をあとにした。

すると、中から娘ちゃんが出てきた。

「あるじ。ちっこいの、追いかけてきた」

不思議に思って待ってみると、野花で作った冠を渡してくれた。

「薬屋さん、狼ちゃん、ありがとう……」

「どういたしまして。君から依頼があったからだよ」

「ノエラ、奮闘、激戦、あるじを守った」

しゅ、しゅしゅ、とパンチをして見せるノエラ。

人見知りが発動しておれに隠れてただろ。

おれはもらった花の冠をノエラに被せた。

「お？　似合ってるぞ、ノエラ」

「るー♪」

ぴこぴこ、とノエラの耳が動いた。

屋敷の玄関を出たあたりで、ホボさんが息を切らせて追いかけてきた。

「キリオさん、待ってください！　何か、何かお礼を。何でもおっしゃってください！　できる限りのことはさせていただきますから！」

おれはノエラと顔を見合わせ、ホボさんに言った。

「いえ。もうもらったので、これ以上は結構です。な、ノエラ」

「るう！」

うむ、とノエラがうなずいた。

わけがわからなさそうなホボさんに、小さく会釈をしたおれたちは帰路に着いた。


店に帰ってくると、ミナが心配そうな顔をしていた。

「レイジさん、どうでしたか？」

「うん。ベッドから起きられないくらいだったけど、今は動き回れるくらいにはよくなったみたい」

「よかったです～」

ほう、とミナは胸をなでおろしていた。

「ミナ、あるじ、疑った！」

ビシッとノエラが人差し指を突きつけた。

「ち、違いますよ！　疑ってません。ただ、大病を患った方へお薬を作るのがはじめてだったので」

実は、おれもちょっと心配だった。

【万能薬】の効果では、病気に効くとされているけど、本当にそうなのか、試してみるまでわからない。何せ数も限られている。試すにしても、どのみち病を得ている人に使うしかないのだ。

「レイジくん、最近忙しそうだったけど、どうかしたの？」

会話を聞いていたビビが尋ねてきた。

「いや、別にどうもしないよ」

「教えてよ……！　そうやって、ボクだけ除け者にして……！　い、いい加減泣くよ⁉」

「それ脅しになってないから」

呆れたような半目をして、ビビの頭を撫でておく。

「先生。お勤めご苦労様でした」

あ、エジルも今日はシフト入ってたんだっけ。

「そこまで大変じゃなかったよ」

「ユニコーンの角が採取できたというところまでは、ミナさんから聞いたのですが、首尾は……」

「大丈夫そうだった。エジルの情報提供のおかげだ。助かったよ」

「先生……余は、余は感激しています。こんなに、感謝されたことが今まであっただろうか……いや、なかった！」

そりゃ魔王だからな。ないでしょうね。

「やっぱりボクだけ事情を知らないじゃないか……」

「面倒くせえ妖精だな」

「ついに面と向かって心の声をこぼしてる!?」

「ごめん、ごめん。わざとだから」

「余計悪いよ！　で、ボク精霊だから！」

いやー、ビビは一個一個拾ってツッコんでくれるから、安心してボケられるなぁ。

こいつはこいつで得難い店員だ。

「あるじ。今日のポーション、ノエラまだ」

「そうだったな。すぐ在庫のついでに作るよ」

「ノエラ、待つ」

「ん。よろしい」

不足している商品をチェックして、創薬室へ向かう。

すると、ぞろぞろとみんながやってきた。

「おいこら。店員たち。店番はどうした」

ピン、とノエラがきれいな挙手をした。

「ノエラ、あるじのお手伝い」

「んー。ならよし！　百歩譲って！」

「るー♪」

わさわさ、とノエラが尻尾を揺らす。

商品名を見て、あれこれ、と棚から素材を集めはじめた。

「それで、バイトのお二人は、何しにここへ？」

「先生。忘れておいででしょうが、余は先生のポーションを作りたいがために、ここへバイトしているのです。ですから、その技を盗み、そしてノエラさんを我が手に収めるまで、ポーション作りを学ぶつもりでいます」

「ですって、モフ子さん」

しゅばっとノエラが腕を交差させ、バツマークを作った。

「創薬室、エジル、出禁」

「何故余だけ!?」

こっそり忍び込んで何か作ろうとしていたっていうのは、ノエラからタレコミがあった。

「謎の液体、エジル、作る。素材、無駄遣い」

「くうッ……！　地味に正論……！」

悔しげにエジルが頬をピクつかせていると、ビビが割って入った。

「で、レイジくんは何をしてたのー？　ユニコーンって、あのユニコーン？」

「どのユニコーンでもいいだろ。あとでちゃんと話してあげるから」

「ほんと？　ほんとにほんと？　嘘つかない？　嘘ついたら、ボク他の人の一〇〇倍傷つくからね！」

わかったわかった、とおれはビビとエジルを回れ右させて、店へと戻す。

「……ミナは、どうかした？」

さっきからずっとおれたちの会話をニコニコしながら聞いていた。

「みなさんが揃ったので、今日はお夕飯、ビビさんとエジルさんの分もご用意しようと思って」

「いいんじゃないか。みんな一緒に晩飯」

しゅぱっとノエラがまたしてもバツマークを作る。

「エジルは、用事ある。夜帰る」

「用事？」

嘘くさいな。この手の誘いにエジルが断るとは思えない。

「ノエラさん、それじゃあエジルさんを誘ってあげてください」

「る!?」

思わぬ展開に、ノエラが毛を逆立てている。

「ノエラさんが誘えば、何があっても来ますから。両手足なくなっても這いずってくると思います」

まあその通りなんだろうけど、そんなエグいたとえ、笑顔で言うなよ。

旗色が悪くなったノエラが目をそらす。

「……用事、ノエラの勘違い」

やっぱり嘘だったんだな。

エジルもエジルだけど、ノエラもノエラだから、この二人の距離感は永遠に縮まらなさそうだ。


「では、お夕飯は、みなさんでってことで」

「オッケー。了解」

「レイジさん、何が食べたいですか？」

「なんだろうなー。なんでも、い……」

リクエスト箱に入れられていたミナからのクレームを思い出して、思わず言葉を止めた。

にこり、とミナが笑う。

「なんですか、レイジさん？」

「な、なんでもよくないよな。みんなで食べるご飯だ。なんでもいいわけない」

うんうん、とミナは満足げだった。

焦った……。いつものクセでなんでもいいって言うところだった。

「お二人にこのことを伝えてきますね〜」

楽しそうな足取りでミナが出ていくと、ノエラが集めた素材を机に置いた。

「あるじ、早く。ポーション。ノエラ、ポーション不足、深刻」

「そりゃ大変だ。急がないと」

こくこく、とノエラは何度もうなずいた。

ポーションをはじめとした商品を創薬し、不足分を補えるほどの数を作った。

作りたてポーションを、ノエラは腰に手をやってぐいっとやる。

「る〜」

この味この味、と言いたそうな、ご満悦の顔だった。

「きゅぉ」

外からグリ子の声が聞こえる。

ミナが淹れてくれた【ブラックポーション】が入ったカップを口に運び、こんな毎日が続いていくんだろうと外を眺める。

今日もキリオドラッグは、のんびり営業していくのだった。

《了》

あとがき

こんにちは。ケンノジです。

漫画化にはじまり、ついにはアニメ化まで決定した本作ですが、こんなに長いシリーズになるとはまったく思ってもみませんでした。

ありがたい限りで、ここまで取り上げてくださった関係者の皆様には感謝しかないです。

もう取り下げましたが、本作を小説家になろうで連載をはじめたのが二〇一六年夏頃でしたので、思えばもう五年近くこの作品に携わっています。こんなに長い期間にわたって一作を書くのははじめてです。

二〇一六年の当時は、新作を書いて、上手くいけば書籍になり、ダメだったときのためにまた新作を書く……、というサイクルをはじめていたころでした。なろう初投稿が二〇一五年の一二月だったので、なろう歴は五年ちょっとです。けど、まだそれだけしか経ってないんですよね。もう一〇年くらいやっている気分でした。

そんな自分でも歴戦のツワモノというふうに見られるあたり、業界の厳しさと入れ替わりの激しさを物語っていますね……。

当時から環境が少しづつ変わっていき、今では他にも好調なシリーズができ、嬉しい悲鳴といいますか、首がぎりぎり回るかどうかという具合にありがたくお仕事をさせていただいております。

「痴漢されそうになっているS級美少女を助けたら隣の席の幼馴染だった」という青春ラブコメ作品も書いているので、気になった方は是非読んでみてください。

のんびり、ゆるく、スローな本作はまだまだ続いていきます！

作品雰囲気は今後も変わらない予定ですので、また気が向いたら手に取っていただけると嬉しいです。

ケンノジ

コミックポルカ
COMICPOLCA
pixivコミック
ニコニコ漫画
マンガBANG!
上記サイトにて
好評連載中!!
話題のコミカライズ作品続々掲載!
毎週更新
日曜
©長野文三郎 ©新堂アラタ ©しぶや大根 ©雨宮ユウ ©キシマカズオミ ©sumire
©森崎緩 ©げみ ©sumie ©SANKYO ©一二三書房

雷帝と呼ばれた最強冒険者、
魔術学院に入学して
一切の遠慮なく無双する
漫画：こばしがわ
原作：五月蒼
キャラクター原案：マニャ子
雷帝の活躍を、コミックでも刮目せよ！
第一弾
2021年2月28日より連載開始！
-話題のコミック、今春より順次連載スタート-
コミックノヴァ新創刊
COMIC NOVA ノヴァ
©Kobashigawa ©Ao Satsuki

BRAVENOVEL
ブレイブ文庫

チート薬師のスローライフ 5
～異世界に作ろうドラッグストア～

2021年2月25日　初版第一刷発行

著　者　　ケンノジ

発行人　　長谷川　洋

発行・発売　　株式会社一二三書房
東京都千代田区一ツ橋2-4-3
光文恒産ビル8F
03-3265-1881

印刷所　　中央精版印刷株式会社

■作品の感想、ファンレターをお待ちしております。

■本書の不良・交換については、電話またはメールにてご連絡ください。
一二三書房　カスタマー担当　Tel.03-3265-1881
（営業時間：土日祝日・年末年始を除く、10:00～17:00）
メールアドレス：store@hifumi.co.jp

■古書店で本書を購入されている場合はお取替えできません。

■価格はカバーに表示されています。

■本書は小説投稿サイト「小説家になろう」（http://syosetu.com/）に掲載された作品を加筆修正し書籍化したものです。

ISBN 978-4-89199-688-8